Jahrbuch der Lyrik 2017

Herausgegeben von
Christoph Buchwald
und Ulrike Almut Sandig

Schöffling & Co.

Redaktion: Lea Petrenz

Erste Auflage 2017

Satz: Fotosatz Amann, Memmingen
Druck & Bindung: Pustet, Regensburg
ISBN 978-3-89561-680-8
www.schoeffling.de

INHALT

Zur Erinnerung an Anne Dorn (1925–2017)

1. KAPITEL

weithin sichtbar: körper

DORIS ANSELM

Gedichtzubereitung (haltbar bis Ende)

Dieses Gedicht verfügt über einen praktischen Anfangsfinder. So ist sichergestellt, dass Sie die Resultate sofort genießen können: Das Gedicht kräftigt, belebt, verleiht Glanz, bleibt stets frisch und wirkt sogar an schwer zugänglichen Stellen. Das macht es so beliebt. Ausgesuchte Worte wurden nach traditionellem Rezept schonend verarbeitet, deshalb zeichnet sich dieses Gedicht vor allem durch seine gute Verträglichkeit aus. Es ist körpergerecht geformt und somit einfach anzuwenden. Nach Gebrauch lässt es sich spurlos wieder ablösen. Sein volles, intensives Aroma bleibt jedoch langfristig erhalten. Genießen Sie dieses Gedicht deshalb immer in gut gelüfteten Räumen. Sollte es einmal nicht sofort einsatzbereit sein, bitte Gedicht kräftig schütteln. Trotz größter Sorgfalt bei der Herstellung des Gedichts können vereinzelt Kernstücke enthalten sein. Bei Verschlucken ärztlichen Rat einholen. Benutzung des Gedichts ausschließlich gemäß Verwendungszweck. Nicht einatmen. Kein Spielzeug. Scharfkantige Teile. Gedichte sind kein Ersatz für gute Haushaltshygiene.

weithin sichtbar: körper, die üblichen probleme und schlaf, an dünne fäden gehängt. eine einladung zum aufgeben, von der man wissen muss, wie man sie nicht annimmt. die schwierigkeit variiert, verhält sich aber sich aber niemals linear. spätestens bei level 35 hat der endgegner urlaub, was das ganze noch komplizierter macht. schreck in grenzen, diese aber weit gefasst. mit bäumen am rand (also: ziemlich weit weg). transportable bäume allerdings, eine landschaft bei fuß. als körper, der ihr widerspricht. als kleinteiliger, kombinierter schlaf in der postproduktionsphase, da, wo die erzählung langsam das gefühl hat, sich verteidigen zu müssen. wo sicherheit lauert, abgemäht und eingelagert, nährboden sämtlicher strategien für den moment, in dem dein albtraum aufwacht und feststellt, du bist immer noch da.

JOHANNES KÜHN

Spaß, auf dem Rücken zu liegen

Hochauf den Blick! Den Hals, den Rücken, das Hinterhaupt im Gras
seh ich das große Firmament des Himmels
bei der Mittagsruh
in friedvoller Wiese,
heimgekehrt, da sie nah an der Straße liegt,
in der ich wohne.
O blaues Tuch von Horizont zu Horizont.
O Wolken, die aneinanderstoßen
ganz ohne Laut!
O Sonne, voll Weissagung,
wie sie mit ihrer Kraft,
wie sie mit ihrer Macht,
wie sie mit ihrem Licht,
erweckt in Fluren Erntezeit.
Mich hält Wärme wohl,
als ständen rot Kamine um mich hin,
hell glutende. Wer Bedauern für mich hat,
da ich so liegend auf dem Rücken,
vielleicht das Todsein übend,
ein Dummkopf wär,
den lach ich an,
den lach ich aus.

RIKE SCHEFFLER

Seit einigen Wochen schon arbeite ich an einer Ausstellung
in deinem Kopf. Von den Schläfen aus habe ich Räume gebaut,
Leitungen aus Licht und Strom, holprige, verträumte Orte,

doch vollkommen messbar. Nach oben hin offen sind manche
scheu, manche vom Ausmaß eines Uhus, einer traurigen Taube,
die unentwegt ihr ›Wo-wohnst-du‹ zu dir ruft. Manche indes

so groß wie 3 1/2 Mammuts, Schnute an Schnute, Mammuts,
wie du sie von Bildern nur kennst. Ich habe dir das Licht angelassen,
damit du alles gleich siehst: ein Stockwerk im Stammhirn, noch eins

weiter vorn, stell dir vor: habe Kordeln geknotet, für Geländer
und Treppen, finstere Rechtecke, die sehr viel beschreiben, all dies
während du schliefst. Jeder kennt eine Höhle, ob rot oder hellgelb,

ein Zelt in sich, nahe Magenmitte etwa, absolut wie die Liebe.
Auch dich zieht es hin. Möglich, darin: eine völlig neue Version
deiner Selbst. Entblätterst, zerfällst. Erfindest, nein erinnerst

einen Klumpen; Körper, die sich milde beieinander einfinden
mit der Zeit. Beim Eingang trenntest du Rucksack von Mantel
und Rippen, Schuhe von Unmut und Fuß. Nun aber los.

HENDRIK ROST

Schädelbasisbruch

Erinnere dich an das, was an
dich erinnert, das Gefühl von
Kühlergrill nach deinem ersten

Unfall, die kurze Flugphase,
als die letzte Stufe doch nicht
die letzte war, erinnere dich

an den überlebenden Zwilling,
der sich an dich geklammert hat,
als ging es darum, in einer sehr

großen Welt nicht das Kleinste
zu sein, jede Art von Gefühligkeit
wars, die du wie Zungenbrecher

jahrelang nicht übers Herz gebracht
hast, hier spricht endlich es dir, in
Symptomen und Launen, sich aus,

wie weit es ist von Glück zum Glück,
und dann fangen die Ereignisse an
vor Übermut wie Nasen zu bluten.

SANDRA BURKHARDT

Hört in ausgestreuten Reimen den Klang dieser Seufzer, mit denen ich mein Herz nährte – Francesco Petrarca

I

Woraus sich so ein Po nicht alles zusammensetzt. Du knackiger,
gut! Gerne kannst du meine Rinde wegschwemmen
mit deinen gewaltigen und schnellen Wellen,
doch mein Geist steckt innerhalb deiner Besitztümer
und unverändert liegst du auf mir auf. Wer ist hier wessen Anhöhe?
Doch geradeaus winden sich unser zweier Wünsche,
in dieselbe Richtung, zur goldenen Verzierung,
und wir bemühen alles: dein Wasser, den Wind, Segel und Ruder.
Bei etwas, das aus mindestens zwei Teilen besteht,
ist immer eines das Gefäß. Das schönere Licht verlässt
das hässlichere. Das ist der höchste, hohe Strom
und ich sehe schon: Ich bin der König anderer Gesäße.
Du gehst weg mit meinem Sterblichen auf dem Horn,
umwickelt von dem etwas anderen Umschlag, ein lieblicher Anzug,
und kehrst in dein gemütliches Wohnzimmer zurück.

II

Da! Die Almhütte, dieser Schnörkel, den ich so liebe!
Du liebtest zuerst. Welch Schwindel im schönen Wohnzimmer.
Ohne Beispiel war danach der Schmuck, den man
zuerst in Adam sah. Wir sind nicht hier um ihn anzuziehen,
los, bewundern wir ihn! Ich bitte dich nur und rufe:
O Sonne! Aber er macht wieder einmal das Umkehrerlein,
lässt die Umgebung die Anhöhe in den Schatten stellen,
und du nimmst dir den Tag und alles, was ich am festesten umarme.
Wer beschattet jetzt wen? Wer den erbärmlichen Hügel,
vor dem mein sanftes Feuer funkelt? Wo der große Lorbeer
kleiner Stock-Stiel, dann Stab-Stange war,
wachsend, während ich dies sprach. Zu den Augen zieht es
nun diesen beglückten Ort, wo ich mit euch einkehrte.

CARL-CHRISTIAN ELZE

VERTREIBST DU DIE ANGST aus irgendeinem loch
in deinem kopf, krabbelt sie weiter, wie eine zecke
lautlos über deinen schädel, der seine befreiung bekannt gibt
wie ein betrunkener esel, und bohrt ein neues loch
ein neues gewirr von gängen in dich hinein
noch näher an deinem limbischen gral, noch näher
an deinem heiligen system, noch tiefer
noch leistungsfähiger darin, deinen esel zu köpfen.

und dennoch gibt es eine art blume, die dich noch immer erfreut
eine art tier, das sich zu dir legt, und dich wärmt
einen gedanken, der still hält, und dich anhält
in deiner verzweifelten magie, eine art wolke
die flüstert .. für einen kurzen moment.

DIETER SCHÖNECKER

karfreitag

wie es knirscht als jemand den nagel durch den nackten spann
hämmert durch den fuß der riss zittert den knochen entlang
wie durch einen gefrorenen see. vor schmerz fallen Dir die zähne

aus Deinem mund winselst Du wie eine junge ratte. irgendwie
vergehen die ersten sekunden. Du zerrst zwischen speiche
und elle an beiden balken aber sie geben Dich nicht frei, natürlich

nicht. so wird es weitergehen, Dein leben lang das kurze.
warum hast Du uns verlassen? wer wollte uns beneiden?
dann riss der himmel auf. jetzt weißt Du, wie wir leiden.

DAVID KRAUSE

Mr. Manhattan

Mr. Manhattan hält in einer Hand einen Manhattan
und in der anderen Hand einen Traum.
Mr. Manhattan wählt als Setting
Piano-Bars aus. Bei langsamem Jazz
(my foolish heart) erscheint er, als wären
die Klänge des Klaviers seine Schritte.
Mr. Manhattan streckt einen Cocktailspieß
beim Diskutieren aus, weil er ins Gespräch sticht.
Er lacht mit dem Eis in den Shakern und flüstert
mit dem Becken, das der Drummer streichelt.
Mr. Manhattan verwandelt sich gern
in eine Sehnsucht. Er schreibt
vergangenen Geliebten Briefe
so, wie er Schecks schreibt.
Er zahlt mit einer schwarzen Mastercard.
Ich stelle mir vor, es wird Nacht,
wenn er sie in das Lesegerät schiebt.
Ich stelle mir vor, er verprasst alle Sterne
für einen Wermut, der mich vergessen lässt.
Mr. Manhattan hält in einer Hand einen Manhattan,
mit der anderen streicht er mir durchs Haar.
Er redet. Der Barkeeper gießt den Manhattan
aus einem Glas in ein anderes, gießt
den Drink zurück ins Erste, wie
die Stunden gehen, redet Mr. Manhattan.
Er lässt die Kirsche um die Zunge kreisen.
Ich greife seine Hand.
Süße mischt sich in seinen Speichel,
als er die Kirsche zerbeißt.

SYLVIA GEIST

Alle Madonnen

Sie tragen Strickjacken über den Kitteln. Haarnetze manche.
Wenige Lippenstift. Befeuchten zur Vesper die roten Finger
mit dem Wasser des Lebens, abgestanden hinter Kassen,
Theken, Maschinen, über umwölkten Herden, in Gebirgen
aus Wäsche und Müll, abgesessen in Bussen, Büros,

aller Welt Vorzimmer, als wollten sie eine Seite umblättern
in dem Buch, für das nie Zeit ist. Sie bitten hingebungsvoll
und routiniert, die üppigen, verwitterten Gallionsfiguren
jedes Kirchenschiffs. Krampfadern, Maria, die Last
unglücklicher Pfunde, Jesus, und in der Apotheke haben sie,

was Not tut, nie vorrätig. Einer steht das Wasser schon
bis zum Herzen, eine ist lahm, aber flink mit den Händen,
die Ihm Zeichen geben im unschlagbaren, unbezahlbaren
Akkord flehentlicher Fingerzeige, eine, gedunsen von zehn
Jahren bösartiger Schwangerschaft, kann nicht mehr

gerade stehen für das, was das Fleisch ihr antut, krümmt sich
in einer Kolik oder vornüber zur Beichte. Später magst du sie
treffen, wo man uns anhört. Demütig legen wir dort die
von grauen Aureolen umflorten Köpfe in die Waschbecken,
Schwestern des Ordens fortwährender Hoffnung, gewöhnliche

Würdenträgerinnen der Wartehallen. Schau uns an: Nach
den Gebeten, so vielen Einzahlungen auf die große Police,
stehen wir Bräute hier vor der Apotheose. Sanft legt man uns
den blauen Umhang um die Schultern, und unser Antrag
auf Wärme wird bewilligt vom Chor der Trockenhauben.

MAX CZOLLEK

dies ist ein konfessionelles gedicht

wie immer wenn jemand seine kamera
auf mich richtet muss ich lachen

wie wenn andere klatschen, klatsche ich auch

wie ich baue einen unterstand aus decken
und sage: hier sind wir sicher

wie ich habe keine lust mehr
immer wenn ich dich jiddisch sprechen höre
eine kerze anzuzünden

wie manchmal hoffe ich
du durchschaust meine einfachen lügen

wie mein herz ist eine synagoge
wird tag und nacht bewacht
trotzdem brennt es ab

wie ein gedicht das sagt: bitte gehen sie weiter
es gibt hier nichts für sie zu sehen

als die frauen

u du hältst die pistole fest u
du legst sie von der einen in
die andere hand u du spielst
mit ihrem feuer u der vater
des vaters u der bruder des v
aters machen sich sorgen um
den vater u wenn du dir
munition holst u wenn du in
den nächten umherstreunst u
der vater des vaters findet
dein versteck u wenn er erz
ählt wie sie zusammengelegt
haben wie die frauen von
ihren armen das gold abgez
ogen haben wie sie dir in e
inem bündel alles gegeben
haben u den vater geschickt
haben in die ferne u wenn
der vater sich erinnert wie er
mit seinem bündel saß wie
die frauen es von ihren arm
en abzogen wie sie zusamm
enkratzten alles für seine zu
kunft u wie er sie legte von
der einen in die andere hand

MARIUS HULPE

Erforschung einer Sprache

im Polnischen können die Mädchen nur rasen.
worum du bittest, langsam zu sprechen, ist den blassen Mündern
Gaspedal. würde ich etwa die Zeit nehmen, für die Beschreibung
eines mittelgroßen und erschöpfenden Vorgangs, hätte mein Daumen
kaum eine Chance. erste Erkenntnis also, und das ist ja schon etwas,
deutscher Daumen ist weniger als polnischer Mund. nächste Chance,
ihr Pralinenlachen. so selten es ist, so teuer, so zum Hineinbeißen
ist es auch. darum auch dieser süßliche Vergleich. Verzeihung.
nun sind die Münder schon Auslöser der neuen Metaphernkrise.
so weit schon ist es … aber: es macht nichts. niema problem.
auch der Zloty ist nichts wert, aber effizient und beliebt.
ich schmeiße ihn hierhin und dorthin, er kullert so gern.
finde ihn überall, Socken und Waschbecken sind da nichts.
zarter Bewohner der Wertlosigkeit, schenkt er mir viel.

MICHAEL BUSELMEIER

Junger Deserteur

Wer leiht dem Toten eine Sprache, wer
zeugt für den Zeugen? (Celan)

Der hing am Kirschbaum, schabte an der Mauer,
sehr lang gezogen von der Stiefel Dauer.
Sein dürrer Körper kreiste über mir
im frühen Wind. Der Bauer schnitt das Tier
vom Kälberstrick, der Nachmittag ward blauer.

Der lag vor mir mit grün verfärbten Zügen
und wollte nicht mehr weichen von dem Kind.
Das blickte auf und sah die Krähen fliegen
und pißte an den Baum, der anderntags
gefällt war, Blütenflocken überm Grind.

MICHAEL LENTZ

FEUERABEND STRAHLTE AUF IM LINDEN ELTERNPARK

panorama in rondeau ein paar fasan ein wildes
paar im kleinen schritt im trippeltakt doch gänzlich da

in der mitte um sich selbst kein blick versteht sie ganz
zu fassen so was schönes macht den ganzen krieg vergessen
ich hab sie gern doch paps erkennt da mehr und schießt sie schnurstrack

taxiderm so stoppt mit einem mal der morbus pick
das heitre paar stolziert nicht mehr im lebenlosen park
zeigt da genau die stelle karussell ein schräger topos

im rondeau ein steppenläufer rollend außer wind
du siehst in diesem haus wohin du siehst nur ausgestopfte
haut was heute einer zeugt füllt morgen schon wer aus

so überkragen sie die kindertage ewig frisch
fasan fasan du wirst mich nie verlassen der tod zeigt wie
das leben geht nicht an doch alles hin nimmt die amme des werdens

hab ich trabant fasanenbeller dich gejagt o seele
denk es erlesen schon in welchem garten du wieder erscheinst
ein angelus novus rückwärts ins leere paradies geweht

macht sich ein starcker faetor breit der intumierte corper
ist entschlaffen zieh ihm an das dotenkleydt und leg ihn
in die lad es kommt der tag das weiß die schrift da ist

die schrift ganz weiß und gott ist ihr kopist und was ich lese
das ist niemals falsch fasan fasan ich wandle mich
in das wohin ich fliehe bin ich immer nie und ganz

das karussell das auseinanderfliegt und meister hans
ein braver mann den gottes hand nur führen kann dawar
heißt ding nicht leichnam und der rest sind flirrende partikel

JUDITH NIKA PFEIFER

splitter

ja, wir spielen niemanden, wir sind wir. und ihr seid ihr. ja, ihr spielt jemanden und ja, wir spielen niemanden, wir sind wir und ihr seid ihr. spielregel #1

wir spielen uns und ich spiele mich. spielregel #2

ich ist eine reihe von anderen.
du ist eine reihe von ichs.
wir ist ein neuronales weltwirnetz.
ich ist ein medium. spielregel #3

wer nicht blutet, hat nicht gelebt. #4

ein hauch, einmal atmen, ein wisch, ein spritz, ein wisch. spiegel wollen wir uns sein, ganz klare spiegel. #5

wie man sehen wird (ist)
wie man sieht.
spielregel #6

schlag mal mit musik mein herz.
spielkarte #1

solange wir leben
sind die anderen tot
spielregel #7

BJÖRN KUHLIGK

Was der Bär sagt

für Tinka Bechert

Sein Fell ist teilbar, seine Rede ist es nicht
der Bär sagt nicht: Ehre der Malerin
denn sie kann nichts dafür, der Bär
ist nicht der letzte zwischen Lager 4
und dem Gipfel, nicht der letzte seiner Art
er sagt, wenn er was sagen könnte:
Der Gipfel, den ich meine, da ist nie jemand
ich schlafe unter ihm, er geht hinauf
seine Tatzen auf der Klaviatur
der Baum, von Schnee entzündet
im Grunde ist es nur ein Trick, ein Trick
was weiß denn ich, ich schlafe unter ihm

JAN SKUDLAREK

Mutter oder die kleine Kunst des Verschwindens

Die Badewanne der Eierlikör die Laderampe meine Mutter wie sie verschwand in den Schmetterlingsnetzen der Mafia ich stand an der Ampel klammerte mich an das Rotlicht loderte und ich dachte an Oma wie die Zahnprothese in's Wasserglas sank an ganz verschiedene Verwandte die jetzt als unterirdische Gischt Friedhofserde dieses eine Mal als es Särge regnete ich lag schwitzend auf der Hantelbank und meine Mutter wie sie verschwand in den Schmetterlingsnetzen der Mafia sie schmierte kaum Brote zum Abschied ich schwieg schwerelos erfand mir neue Verwandte die den Aggregatzustand nicht kannten den Eierlikör den Nachsendeauftrag ich ging in den Garten und zupfte Halme erschlug eine Biene mit der flachen Hand und es gibt Schweine die im Dunkeln grün leuchten Mutter hast du das gewusst

NORBERT HUMMELT

die begegnung

nah bei der schleuse zuckten die libellen ..
ich beugte mich über den trägen spiegel,
es war im juni an der krummen spree, u.
was ich einmal erlitten hatte, tat in diesem
moment nicht mehr weh. ich war auf sein
kommen nicht vorbereitet u. dachte, ich
kann hier am ufer gehen, ohne ihn einmal
im leben zu sehen. aber in einer blauen
sekunde in meinem vierundfünfzigsten
jahr / strich er über das stehende wasser
u. war im nächsten moment nicht mehr da.

KLAUS GASSELEDER

Der alte Geigenbauer von Bubenreuth

Der alte Meister prüft das Holz aus
fernen Ländern, biegt es sacht und hält
die Luft an, lauscht der Stille, bis dass
ein leises Knarren klingt, der kaum merkliche Ton
an der Grenze vom Gelingen zum Zerspringen.

Er spricht langsam und stolz, weiß um
seine Meisterschaft, ist der letzten einer
seiner Zunft, sein Tun vereint Handwerker-
geschick mit Sinnlichkeit, Hand- und Kopf-
arbeit und auch ein Tun der Seele, wenn
dieser Ausdruck mal erlaubt sei.

Sein Werk möcht er am liebsten aus
der Hand nicht geben, doch lebt auch er
von dem Verkauf. Er weiß: vollenden
werden es erst andere, die es erklingen
lassen mit geübten Fingern – so möge es
in gute Hände kommen.

FARHAD SHOWGHI

HANTIEREN, sage ich. Mit bald festgefügtem Nebeneinander. Bis die Strecke steht. Wahlweise mit Geste und Plaudergesang. Ansteigend, gleich auch ein Gefälle hinunter, bis ich kurz an Wandgips lehne oder das Haus verlasse. Vorläufig wärmen noch Dickicht und Baum. Was tut man nicht alles, wenn man Fensterblumen mit Farbspiel des Ungedachten ständig vertauscht. Ich will ja an verschiedenen Stellen die Arme beugen, mich nicht ziehen lassen. Vielleicht nur blinzeln. Auf Zuruf, teils zu einem Orangensafttrinken, mit verlängertem Anschein des Flüchtigen. Es gibt Gras und ein helles Benehmen, bald rötlich im Himmel über den Fingerbeeren. Führt zu Wolken mitunter, die an den Rändern die Sprache wechseln und Nüsschen bilden. Ein Anwachsen gar, ein Abhaspeln. Endschnörkel, meine ich, leicht verwehter Überraschungen. Jetzt wird sich kein Handstreich darein fügen, bloß Einsprengsel in der Nähe zu sein. Die Schulter ist an den Seiten schattenhaft. Rechts hinten der Mond hohe Knirschprobe beim Zeitlassen. Will ich mich strecken, spanne ich den Stoff in meinem Rücken.

CHRISTINE MARENDON

Anemos

Von allen Sinnen erzeugt das Phänomen der
Atmung den Ausbruch der menschlichen Stimme.
Nimm Stoff aus einer Handvoll Erde: Anemos
bedeutet Wind und Seele zugleich. Es ist seltsam
wie den Beziehungen des Menschen die Wandlung
der Körper zugrunde liegt. Dankbarkeit ist etwas
Natürliches. Dann kommen Säure und Kristalle,
Dornen und Schuppen. Als wüsste man, dass
so nahe der Durchsichtigkeit des Weltraums auch
Farbe als etwas Überwundenes zurückbleiben
muss. Im Verhältnis zu unserer Größe sind wir
dann am stärksten, wenn wir im Material
denken. Frei im Licht stehen können
und ausatmen, ist die erste und letzte
aller philosophischen Handlungen.

BURKHARD REINARTZ

Diskret

Lästig schabt der frühe Tag am Gefühlsnerv.
Ein junger Fuchs robbt staunend
aus dem Bau ins Morgenlicht.
Fische vibrieren mit ungeduldigen Kiemen.
Erstaunt fällt die Fruchtfliege vom Augenrand.

Mühsam.
Jetzt wird es leichter:
Von der Gedankenarmbrust schnellt
der Pfeil ins Zentrum.

Gott schwimmt leise
durchs warme Gehirnwasser,
diskret, mit minimalem Beinschlag.
Er ist sich seiner Unwahrscheinlichkeit bewusst
und möchte niemand stören

Gerade jetzt fliegen junge Vögel auf,
pirouetten sich hoch in die Gewitterwolke.
Sie warten auf den ersten Donnerschlag.
Er legt den Himmel frei.
Für eine Sekunde vergisst die Welt zu atmen.

DANIELA SEEL

Von Dämmerung Weide, durchstreifen
sie Paddelschläge, dass Fliehendes
Glitzern macht, solche Larven.

Stiegen auf in Besitzlosigkeit,
oder wer ohne Glauben sei,
ginge, für sich allein. Wie

über Schwemmwiesen hin die
Pulswärme flutet und währt,
wie Kanu, ja? In ihrer Möglichkeit

schön, so fraglos vor Nacktheit
beweint. Schwämme, die unter uns
atmen ohne zu atmen, jahrtausendelang.

LARS REYER

Wilde Zitronen

Wilde Zitronen, wilde Zitate. Die Lohnarbeit steht uns hier als Befehl. Steht uns hier als Befehl bis ins zuckernde Blut eingeschrieben. Ich kenne kein Wir. Ich kenne nur Silben & Kleinstformate aus grellen Gesichtern. Aus den grellen Geschichten der anderen Trottel. Wilde Zitronen, hinter zitternden Lidern die Scheinreservate. Ich kenne kein Wir an den Fließbandanlagen. Ich kenne nur Wände & Schutt & Gespei. Man müsste das alles in Tinte einfangen. Meine schweißschwarzen Hände können das nicht. Meine Lungen atmen Lamellenlicht. Einmal aß ich die wilden Zitronen, die Zitate schossen mir ein. Ich goss mir das zuckernde Blut in mein Glas. Die Geschichte ist längst schon zu Ende erzählt.

YEVGENIY BREYGER

Noch fünf Tage

I.

es war der mai, an dem das innere nach außen drängte.
ein grüner panzerkäfer rief mich namentlich,
ich kannte meinen namen nicht.
saß blöd im schlauchboot, trieb zu mutter.

das meer in meinem hemd blieb schwarz.
und ich? wie mutter längst
von faulheit überwachsen, hastig,
biss käferbeinchen ab beim wandern.

das schlauchboot war mein alter ego kleines mädchen,
mehr zahnlücke als zopf und magenblind.
schon damals immernoch ein kind, war ich,
und wusch aus bosheit nur die andern.

II.

vor fünfzehn jahren, im spiegel, sah ich
die kommenden verrisse. ein kiosk um die ecke
war für mich die welt. ich hatte mich
auf ein podest aus rotz gestellt und rief: du wurst

im glas. wie zärtlich pustest du dir wimpern von den finger-
kuppen vorm schlafengehen wenn du betest?
wie überzärtlich schwitzen deine hände als heimliches
exil deiner fiesesten wünsche?

im wiederscheine dieser schweren fragen
entdeckte mich die lyrik, wie jeden tag ein ding
entdeckt die amateure – ein tag kann lang sein,
ein arm kann schlank sein, aber wer gesteht mir seine liebe?

III.

oh seltsames gerede vom verschwinden der vögel
in fremden ländern. lieber abfluss, armut, stausee
aus realen problemen. meine eltern waren thermische
gesetze, ich wurde niemals geboren.

an euch vorbei schwamm ich durch spätromantische
gedichte, karel hynek mácha 1810–1836, adam
mickiewicz 1798–1855, auch juliusz słowacki 1809–
1849, mein polnischer wurm im preußischen fisch.

ich hoffte damals, dass ein mensch mich
in die zukunft schiebt – das ist wie wenn ein alter mann
sich selbst im krankenzimmer liebt. grad war er da,
schon hab ich ihn an die erinnerung verloren

IIII.

auf einem beistelltisch ein riesenauge,
wimpern, deine, o-saft-glas, halbleer.
und du auf unsrer couch mit kling,
hast mich verbraten. ein silbernasenring

war zwischen uns zu viel: was wahr ist, war.
was rast, verschiebt gemeinsamzeit auf bald.
ohne dich ist mir kalt. mir fällt auf, die heizung
riecht so lang bereits nach terpentin.

ich würde so gern gehen und lege mich daneben.
draußen sirenen, kontaminiertes wasser,
ein freies elektron dringt in einen fisch.
was wird das für ein leben.

KARLA REIMERT

Bald im Abtrieb wirst du versuchen, das Fremde vor Zungen zu retten

In der Geselligkeit wirst du von Tausenden geführt, sagt einer vor
dir, verteidigt von niemandem. Alles, was über Macht verfügt, lässt
uns im Stich, und nicht nur die Macht, auch die Zärtlichkeit jeder
ihrer Privilegien.

Beliebt sind Castings und Rankings: Wer ist der beste Dichter
Deutschlands?
Wer darf seine Mundhöhle am stolzesten aufreißen und wovon
hängt das ab? Wen du fragst, wie stark das Medium demnächst
zählen wird.

Zerreiß das Gebirge aus Scham, verbrenn Meer zu Asche, befiehlt
meine Lehrerin.
Vernimm allein ein Signal, schließe, wenn das Gelände es erlaubt,
die Augen.

Sieh nur zu, dass du an niemanden stößt, in diesem winzigen
Raum einer Bejahung,
wie Roland Barthes sagt, sei du oder nicht du mit deinem Gesang.

MATHIAS JESCHKE

Naturbad

Große Königslibelle, Blauer Steppensalbei,
Karpfen und Buntspecht, ein sehr dicker Mann

mit Tattoo und Kopfhörer auf die Liege gestreckt.
Sein Bauch das Modell der dahinter ragenden

Schwarzwalderhebung, dem Burgkopf. Ein Modell
erzählt uns etwas über das Aussehen des Vorbilds,

nicht jedoch über sein Innenleben. Gar nichts
erführen wir über den Sitz der Seele des Bergs,

wenn wir dem Dicken den sonnenverbrannten Bauch
aufschnitten. Aber bei seinem Anblick spüren wir

etwas von der Kraft und Solidarität des Bergs, wie
beim roten Ford Mustang, den ich mit 13 studierte.

Auch Libelle, Salbei, Karpfen und Specht sind
Modelle von etwas Größerem, das uns hier schlicht

überragt. Sowohl im wörtlichen, als auch im Sinn
dessen, der von edler Einfalt und stiller Größe sprach.

JAN WAGNER

die kapitäne

gingen in unserer straße an land
und schlüpften unter bei den witwen,
ankerten in der witwenbucht,
hoch und stolz. wir wahrten den abstand,
kreisten skeptisch wie in winzigen
einbäumen um sie herum.

april, und in den gärten legte
die blühende flotte der kirschbäume ab:
sie blieben, scheuerten das rasendeck,
schoben die weiße bugwelle
eines vollbarts vor sich her.

schweigsame männer mit fischen im namen,
einsilbig, silbrig,
herr barsch, herr dorsch, herr butt –
wir klebten wie pfahlmuscheln an den türen
und fensterläden, lauschten
auf madagaskar, sansibar,
tauschten wörter wie glasperlen aus,
kalfatern, brigg, persenning …

stille männer mit braungebeizten
gesichtern noch im herbst, wenn das rauschen,
das rascheln der ertrunkenen durchs laub
der hecken ging in den kälteren nächten –

an manchen feiertagen fand man
sie schwankend in einem wind mit der stärke
von zweikommaacht promille.

sie stehen weiter hinter den gardinen,
sehen mich nicht, der ich sie sehe
vom dunklen garten, zu winzig in ihrer see.

SIMONE SCHARBERT

BRUSTSCHWIMMEN, wolken*gerippt*

(I)

schöpfen einen raum teilen die oberfläche ziehen kreise durch halten spannung zwischen aufgereihten knochenpaaren im eigenen körper falschen oder echten köpfchen ist nichts zu verorten von uns steckt dünnes jetzt flachatmig in spalten holen wir luft die arme schützen haut aus gewohnheit öffnen unser auge unterm wolken*gerippe*

(II)

und noch eins dort wo nur wenig platz zum treiben oder durchsichtig werden ist schwimmen wir weiter schwimmen nebeneinander atmen der mund unter wasser umspült zungen und gaumen schlucken wir am chlor oder an sätzen des anderen setzen erneut an setzen alles mit ausgestreckten armen und angewinkelten beinen schieben wir uns

(III)

über oberflächen sehen gesichter eine schwimmende masse in teilen fransen aus so ganz ohne widerstand driften durch tage und nächte pumpen weiter luft durch bruststräume packen lungen in flügel und kraulen durch fugen gelenkartig hören gleichmäßig das gepumpe in uns dröhnen fragen nicht weiter *(vom kopf an)*

NORA GOMRINGER

An die Neue

Er isst gerne Fisch
Du musst ihm helfen, ihn zu entgräten
Erinnere ihn an seine Termine
Halte Sakkos, wenn er sie ablegt
Er vergisst alles (ich werde es wiederholen)
Sag ihm, du liebst ihn
Sag ihm, alle lieben ihn, er wäre sehr angesehen
Sag ihm, wenn er Fragen hätte, dann solle er fragen,
man würde drum nicht weniger von ihm halten
Schnall dich in seinem Auto an und atme ruhig
Er will dich nicht töten, will nur ans Ziel
Du hast keinen Bauch mehr und keine Hüfte und keinen Hunger
Du isst weniger und wirst weniger
Er liebt Frauen
Magst du sie? Gewöhne dich an sie!
Sie riechen gut und sind oft verträglicher als angenommen
Das kommt mit der Verzweiflung
Siehst du ihn mit einer anderen, dann sieh genau hin
Und übersehe das Einzelne
Mehr kann ich nicht sagen
Du gehörst jetzt ihm
Lass ihn das niemals wissen
Denn wisse: er vergisst
alles

ANNETTE HAGEMANN

quitten einkochen

wir haben die gelben quitten mit
tennisschlägern in die töpfe geschlagen
der gelierzucker flog ihnen hinterher

wie schnee im spätsommer flog flimmernd
in richtung der maulaufsperrenden behältnisse
in der küche wo wir marmelade anrührten

als wollten wir die wände für den winter streichen
wo wir quittenmus einkochten ohne kerne
aber mit schale und allerlei stellen gelben warzen

braunen schründen und ratschern dennoch: alles
war gut genug jede stelle war gut für sich

und wir ahnten schon: gelee und letzte wespen
und goldenes nachmittagsflirren und die zuckerspuren in
der luft im küchengebläse und nicht zu vergessen

unser alljährlicher glaube an die veränderungen beim
quitteneinkochen: von geschmack beschaffenheit und farbe
in letzter andacht zuzusehen wie sich das harsche gelb

in ein mildes ein weiches orange wendet in diesem moment
das wussten wir: würde die frucht auf dem sweetspot auftreffen

MARTIN PIEKAR

Wir sind schon zwei
Zerdellte des Frühlings,
Werden Flipperkugeln
Des Sommers: verloren oder
Vergessen. Viel zu viele
Aufprallerinnerungen.
Im Warten des Mondes
NIE DAS UNRUND DES MONDES
FÜR VOLL GENOMMEN?
Wir haben den Nebel als Bettlaken
Wundgewühlt. Und unser Salz
Tränkt die Erde. So
Liegen wir als Welke
Auf den Blumen. Wir mögen
An allem Anstoß nehmen
Um uns nur weiter um den Mond,
Nur weiter um uns zu drehen.
Gestern kann ich nicht mehr
Denken. Ich denke zerwildert
In Glückshormonen
Und Kirschblüten.
Prokrastination durch Schönheit.
Zähl die Blütenblätter
Der Chrysanthemen ab.
Ich die Kirschblüten
Deiner Haare. Liegen da,
Wo andere Augen flackern.
Blinzeln gegen den Unglauben,
Dass man einfach so
Im Gras liegen kann
Und auf den Vollmond wartet.

SÜNJE LEWEJOHANN

liebe/

eine spur aus lehm und atem hast du gelegt.
einen rippenbogen in die hände der fischer.
immer bist du ein anderer gewesen,
ein dornenbusch, ein windflüchter.
mal warst du ein auflaufendes ufer,
den bart in der brandung versteckt,
mal hast du dich, tanggleich, um körper geschlungen,
warst ein wundsein, ein schmerz aus geschliffenem glas.
mal nahmst du die welt ohne augen wahr, straucheltest
tastetest nach steinen und sand, die zunge spitz am bitteren holz.
und wenn ich dir folgte,
hast du ein lied mit den lippen geformt.
das wuchs aus den strandrosen
und blieb hängen in algen und gras, war
nichts als ein winziger
klirrender ton.

NADJA KÜCHENMEISTER

schwarze wäsche

und dann die wäschestücke, die immer
schwarz und immer wäsche waren und
hecke und ein blick voll hecke und auch

der weg, der jene hecke fasste, war so
ein schwarzes wäschestück. ein blick.
ein wäschestück, das sich so schwer und

schwarz unter dem regen machte und
wieder atmen konnte, wenn ein wind aufkam
und sonnenlicht stieg aus der regenlache

die immer kleiner wurde auf dem tisch und
auf dem stuhl, der feucht von regen glänzte
hing noch ein schwarzes wäschestück.

HELWIG BRUNNER

haute couture

denselben stoff vernäht derselbe faden.
du bist, was du trägst, erträgst, was du bist,
geschneidert aus vorgezeichneten teilen,
verdeckte nähte, nach innen gewandt.

wir kinder zogen nadeln durch die haut,
das tat nicht weh. heute fragst du, wo
der körper endet und das hemd beginnt,
dieser hauch, wie man sagt, von nichts.

KERSTIN HENSEL

MEINE SCHÖNHEIT

Heute fall ich aus der Zeit und morgen ziehe ich
Für gestern mich um: die versäumten Kleider
Hoch raschelnde Röckchen meine Pupillen
Pailletten – schön! bin ich
Ein Krinolinenkaliber
Paspelierendes da und dort Denkorgane
Versteifen sich Gefallen sollst du sollst ans Heute
Glauben! Was geht
Mich kommendes an

MARTINA WEBER

Essays über eine Verschiebung

1

Loop me in. I am a looper. Dies hätten die ersten beiden Sätze eines Buches sein können, das es nie geben wird. Lajlas Worte. Rot markiert. Auf dem Flohmarkt erkennt ihr sie an ihrem Regenmantel und dem Cowboyhut. Stiefel mit schrägem Absatz, perlenverziert, nachts steht sie am Wasserfall und macht Klangaufnahmen. Oder stellt sie es sich nur vor? Das Ego abladen. Kosmische Psychiatrie. Ich betrat das selbstorganisierte Studentencafé, weil ich ihn wiedersehen wollte. Er hatte ein Geschirrtuch über die linke Schulter gelegt. Wir verwendeten handbetriebene Kaffeemühlen. Wir bekamen kein Geld dafür. Wir sprachen nicht viel. Wir sprachen nie viel. Wir standen hinter der Theke, wir standen unter einem Wasserfall und rollten eine Pergamentrolle aus. Geht nicht an Land, las ich vor. Man weiß nie, wer Aufnahmen macht.

2

Ich schrieb nicht einmal Tagebuch in dieser Zeit, aus Sorge davor, etwas zu zerreden oder Beweismaterial zu liefern. Einmal gingen wir auf den Flohmarkt und ich sah ihm dabei zu, wie er einen Kassettenrecorder in seinen Händen hielt. Wie er einer Frau mit Cowboyhut einen Geldschein reichte. Seine Art, den Preis herunterzuhandeln. Ich sammle Geräusche, ich mische Neues mit Altem, ich verarbeite Stücke vom Rand. Ich bearbeite meine Bilder nie. Oder nur manchmal, ein bisschen. Dies ist ein Brief an Tom. Ich nenne ihn Tom. Gestern Nacht war ich betrunken, ich ging raus, mit einem wasserfesten Filzstift, und ich erfüllte mir einen Kindheitstraum. Ich schrieb auf den metallenen Pfeiler einer Straßenlaterne. Ich wartete hier, in meinem transparenten Regenmantel, bis ich nicht mehr zu unterscheiden war vom Hintergrund.

3
Unter welchem Namen ich vorgestellt werden möchte? La Lajla. Die einzige. Ewige Nomadin. Erinnerst du dich an unsere Reise? Wir kannten uns kaum und niemand erkannte uns, wir konnten uns neu erfinden, in einer kleinen grauen Stadt am Meer gingen wir nebeneinander mit unseren noch nicht erzählten Geschichten, ein unsichtbarer Hund an einer roten Leine. Phantome der Freiheit, verwundbar. Niemand kennt das Drehbuch des andern. Jedes Mal, wenn ich dich fotografierte, verlor ich dich etwas mehr. Manchmal wurde der Abstand zwischen uns so groß, dass ich nicht wusste, ob du noch da warst. Ich sah mich selbst in der Kamera und ich erkannte, dass ich keine Schuhe mehr trug. Die Dekoration wurde abgebaut. Und dann:

4
Die Geschichte einer Pause. Reflexion, wie wir miteinander kommunizierten. Als sollte ein Lied herausplatzen aus mir, ohne Rücksicht darauf, ob es das Lied eines anderen / dahin schwankten sie und kreuzten ihre Bahn, als wären sie ein in tausende Schnipsel zerschnittener Körper. Der Raum einer Trommel. Formen des Regens bei Nacht. Du hattest die kleinen Boote verloren. Deine nie abgeschickten Briefe an mich. Boxkampfsplitter, wilde Kalligraphie. Die Stille zwischen uns wurde unüberhörbar. Kannst du dich traurig fühlen, ohne traurig zu sein? Ist das eine Übung? Ein Rat? Eine Meditation? Vor langer Zeit und im Süden ein Teil davon sein, eine sanfte Verwirrung.

5

Wem erzähle ich das? Eins, zwei, Test, Test. Läuft die Aufnahme schon? Tom, der Brief ist verloren gegangen! Die Schallplatte hängt bei / ist verloren gegangen! Die Schallplatte hängt bei / hängt beinahe noch daran, an den Rausch einer gemeinsamen Sprache zu glauben. Schwerkraft der Worte, die Kälte der Sterne am Ende der Nacht. Die Zeit des Wasservogels bricht an. Ähem, soll ich weitersprechen? Ich drücke die Stopptaste, spule zurück. Lajla sagt: Der menschliche Körper ist von einer dünnen Luftschicht umhüllt, die ihn schützt. Lasst uns das in verteilten Rollen sprechen, jeder einen Satz.

CAROLIN CALLIES

felle & fliegen

»einen fliegen finden ich in betten« (Ernst Jandl)

wir muten den fellen besonders viel zu:
wir streiften sie über, ein nussbaum war zeuge,
wir legten die feigen dazwischen wie obst
& nutzten den morgen, um beischlaf zu halten
& nutzten das fell als vorleger dafür.

kein wort über mücken, kein wort untern teppich,
die fliegen gehörnt & wir tragen heut fell
& melden uns eifrig zum morgenappell, zur frühschicht im park,
aber, mist ist das, gehn uns die falter entzwei
& wir brauchen sie doch für die tiere als köder.

wir legen die fliegen nun eins nebens andre,
wir zählen sie aus, collagieren die flügel.
wir treten sie aus & empfehlen sie sonders,
denn morgen ist markt & dort feilschen wir wieder
um den günstigsten käfig, für den teppich am tag

& wir gerben die felle für die nächte zuvor
& wir nuten sie uns besonders tief ein.
ach, was hielten wir beischlaf!
ne fliege dazwischen. die nächte,
sie lagen wie teppiche auf.

GÜNTER HERBURGER

Hochzeit

Der Zeigefinger
wie auf einem Bild von
Leonardo hochgestreckt
nach einer Rauferei.
Wem gehört nun die Braut?

Sie klopfen sich auf den Rücken
Und treffen sich vor dem Kino.

Wenn sie wieder herauskommen,
haben sie die Pullover ausgezogen.

Sie ziehen die Pullover wieder an,
haben vergessen, aufs Klo zu gehen,
hocken sich ins nächste Gebüsch
und fallen rückwärts in ihre Pfützen.

Ein Fahrrad klingelt
für das Jahr der zwei Ringe.

WALLE SAYER

LIPPENLESEN

Ich glaube, sie sagt: der Vorletzte
wird irgendwann ein leeres Blatt abschreiben,
eine Scherbe einwickeln in Geschenkpapier,
vielleicht dereinst ins Brillenputztuch schneuzen,
und Nächte durchwachen, damit sie sich
zusammenziehen auf einen leuchtenden Punkt:
auf ein Katzenauge, ein Bremslicht, eine Zigarettenglut,
wird Eiswürfel werfen ins kochende Wasser,
den Milchaufschäumer in die Wolken halten,
im Uhrenmuseum nachschauen, wie spät es ist,
an der Reißleine des Glockenseils ziehen.

JULIA TROMPETER

Rückansicht eines Cowboys

Zwei leere Bierflaschen
wie kleine Vögel
auf dem Couchtisch, wo
der gesichtslose Cowboy
Hawaii-Toast frühstückt und
auf ein Stück Brachland schaut,
das er vergessen hat, dort
zwischen Häuserwänden eingeklemmt,
hoch oben etwas Himmel.
Einmal im Park, auf einer Rampe, da
sah er son runden Skater und
seither denkt er übers Fliegen nach:
Wie sein winziges Land
abhöbe, ganz Fliewatüüt,
und alle Stadt kleiner,
und die Wolken feiner …
Derweil der Cowboy,
vielleicht ein Scheinriese,
unten im Häuserspalt,
immer größer und größer …
Bis er die Sterne sähe
und endlich wässern würde
sein dann fernes Land.

2. KAPITEL

völkerball

LUTZ SEILER

Zungenabgabe

Es war der 18. September, Vollmond und Wahltag zugleich. Vor allem war es das Kreisen der kleinen Propellermaschine, die meinen Schädel umfing, der nahegelegene Feldflugplatz. Dazu die Müdigkeit in den Augen, das Nachlassen im Blick, nicht schlimm. Schlimm war nur, dass ich meine Zunge im Mund zu schmecken begann. Wahrscheinlich wieder zu viel geredet, dachte ich, zu viel gesprochen wieder beim Schreiben, jede Zeile, tausendfach, anders vermochte ich es eben nicht. Zwischen zwei Kiefern tauchte der gute alte Medizinmann auf. Er berührte meine Stirn und sagte … Es war indianisch. Meine Zunge lockerte sich. Mit zwei Fingern zog ich sie vorsichtig ans Licht. Draußen war es ein viel größeres Stück Fleisch als im Mund und auch nicht so zart wie gedacht. »Die Zunge ist das Beste«, hatte meine Mutter mir einmal beim Schlachtfest zugerufen. Der Indianer nickte nur ein wenig, als er sie entgegennahm. Ich sah ihm zu und beruhigte mich. Ich staunte darüber, wie gut der hohle Raum sich machte in meinem Schädel, wie rasch er sich füllte, gleich von den Stimmbändern her. Wir schrieben den 18. September, Vollmond und Wahltag zugleich.

DAGMARA KRAUS

deutschyzno moja

1

liedvoll, dojczyzno moja …

millionen flüchtige wörter stehen an
der grenze zu diesem gedicht
die beine in den bauch sich
schlange an der grenze
dunkle wörter, dunkle fremde
suchen nach zuflucht, wollen hier wohnen
verjaschmakt, betschadort, da warten
mummen von jenseits der pole
es sind welche von ungarn gekommen
zupełnie niedeutschałe słowa
drängen sich hier in die futura
ręce błagają, bebeten die grenzen
deine, deutschyzno moja

2

aber was soll ein gedicht mit den millionen
flüchtigen wörtern nur anfangen
es könnte mit ihnen kickern gehen
schlägts kickern vor
sie einladen zu bier, püree und kohlrouladen
oder mal ne reise machen an ein schönes wort
und ihnen die gegend zeigen, gegend
es könnte millionen wörter einfach schweigen

und müsste jetzt nicht gründeln, mörtel, münze
wrack und wub erleiden, schlackern, lecker
mords- und mergel – wiesz
es könnte wieder flippern wie am rastplatz
weil die zeit lang wird
und mit der tinka auffe kirmes gehn
sich in die zukunft sehen lassen
vom pinken clafoutisschafott im pelz
es könnte schützenfest und adlerschuss verpassen
und an der lippe laufen, wo die mimik hüpft
dann am frühen winkelwasser
in schnöden reimen kurz verschnaufen
auch könntes doch ins olle haus
das haus am halben mond 1iehen
und herrn fallmann hin und wieder
den fadengang von buche andiktieren
(er muss ihn immer mit zwei fingern nachfahren)
dabei könntes aus dem kickern 's kern
und all den kiciuśkitsch entfernen
und stattdessen andere wörter weiden
vielleicht fremde wörter heimen
raffig, diese flüchtigen, mehrbarwigen
die völkerball in föderalen hallen spielen
– aber millionen
abermillionen
doch bleibts bloß ein kern am kitsch
beim kern am kitsch

3

abgeschoben ausgespuckt
da ist etwas kleinstes blaurosa
gepuckt, wie ein taubenschluck
leise weints mitten im pulk

wo sind denn die aus dem morgenland
die drei worte mit den gaben
nix myrrhe hier – her mit dem
schwarz-rot-gold

wörter aus dem buch der könige
hocken im containerdorf: umfwörter
aus saba, noch milchschorf im haar
labern babel

4

ich pistole
du angst
– Yoko Tawada

ick schiel jetz ooch heraldisch rechts
zerzaus euch das geflügel
verschockmausre krauses aufs übelste
schwächs prügels durch und quäles
ick bin kaina nech abele
ick zerlauses bis es ächzt
verbrühe ihm die kehle krähts mir frech
icke schäles
lechz

ANJA BAYER

Tod durch Beschreibung*

describe the scream
cry the crime

LOVE
belegen uns mit Entsprechungen treffen uns
Baseball Basisball Medizinball
mit Wucht kommt auf mich
deckt mein Blickfeld trifft mich am Kopf
knockout Zoom der Figur zur Abstraktion
gleich Schlag auf Schrei
Aufschrei ohne Tonspur ich schrei
be dir zu wer du mir bist
lösche das mir also bist
du es hast es zu sein. Blut tropfen wollte ich nicht
Volte.
wolltest du mich nicht anders als ich bin
identity zuschreiben Wunde eingeschrieben
ohne Wunde
hättest du nicht so
Gegenteil von Tod-durch-Beschreibung wäre
zeig mir
deine Wunde
Krücke und Bahre Zeichen
des Hospitals Santa Maria Nuova Florenz—Sankt
Leolino drittes und dreizehntes Jahrhundert
die Attentäter brauchten ihre Märtyrer
von jeher nichts und Neues in unserer Zeit
wir teilen aus sie teilt uns ein es sei denn
wir teilen sie schwesterlich *utopia* teile dich mit
nimm mir die Zuschreibung aus dem Mund nimm
die Maske ab fang den Ball
auf Brusthöhe auf

HYSTERICS OF POLITICS

letzte erste Missverständnisse: 1. so
und nicht so 2. das eigene und das andere
3. nah und fern zugehörig nicht zugehörig
Im- und Export: Waffenexport Wohl
standssicherung Grenzsicherung
4. Idee der Schuld, Leugnung der Schuld 5.
der Bombenwerfer ist der Bombenproduzent
6. die Saat ist kontrollierbar
Gewalt
verhindert Gewalt 7. die Bombe
ist ein Baseball ist eine Kakao
nuss Kopfnuss 8. der Mensch ist hoch oder niedrig
das Wesen Ameise ist niedriger
9. ich weiß
was er denkt ich weiß was
sie fühlt 10. wir-kennen-uns-wir-kennen-sie

FAMILYTREE

Großvater war im Krieg war in Sibirien
Großvaters Vater war im anderen Krieg
Großmutters Vater kam vom Krieg nicht
heim Großmutters Mutter verlor
sieben Söhne bruder- vaterlos ging
Großmutter auf der Flucht
Bauer an Vater Bruder Mannes statt ließ
sichs bezahlen
Milch für das Kind und ein Ei alle sieben Tage
Kind fror ein
bei welchem Anblick welchen Geräuschen?
Kind wurde Mutter blieb Kind
ihrer Kinder
sie teilten ihre Mutter mit der Flucht
Großvater hatte leichtes Spiel?
ihnen wurde gesagt: du bist so.
so bist du, ich weiß es.
Jemand baute
das Geschäft wieder auf jemand kaufte
den ersten Kühlschrank jemand füllte
den Kühlschrank gut
jemand wusste Feste zu feiern und Urlaube
schön zu machen jemand wusste
nichts vom Krieg
lebte gut und gütig spielte Baseball
wunderte sich
über die Probleme der Kinder und
die Vermehrung der Bomben

ME

du hast den Zebrafalter nicht
beschrieben der langschweifig
vor dein Haus kam nicht
seine Zitronenflügel mit der zum Körper
hin züngelnden Maserung
du hast die Hornisse nicht gezeichnet
die nach innen drang du brülltest
mit Duft um dich du gingst irre.
du gabst den Werfern ihr Ballett
ihren Chor ihre Spielregeln Spielregen
aus Baseballkakaobomben mit bloßer
Hand geworfen—gefangen
bloß Striche und Linien und Stiche
Welt daraus gemacht neigt sich
verneige
mich vor dir ertrage den Duft lege
meine Hand in deine

* Geschrieben zu dem 2D-Animationsfilm „The death by description“ von Eva Köstner (1964–2015) für re-marks 4, gutleut verlag 2017/18.

KENAH CUSANIT

1793 ff.

könnte Europa nicht, um Flachs zu besorgen, in sich selbst herumfahren? wäre nicht so weit (es geht doch nur darum Seile, Körbe, Matten, Kleidung herzustellen). wäre eine Frage wenn man eine präglobale Form der Ahnung hätte und sie aussprechen dürfte. hat man auch. aber spricht man nicht aus. nächste Frage, schon leicht aristotelisch: ist das eine ausgezeichnete See, von der wir umstellt sind, oder eine nackte Welt, die keinen Haushalt kennt? ich würde gern noch eine Weile als Hirte arbeiten und Wälder aus Wolle durchstreifen ein Schaf im Arm, aber ich fange an, es zu hassen.

1979

etabliere ein Recht auf Verspätung durch Zuspätkommen. du hast ein Recht, zu spät zu kommen. dieses Recht ist angestammt. du stammst ab und du stammst an. du hast das Recht, 37 Jahre später zu spät auf eine Hochzeit zu kommen. ist ja nicht deine eigene. du hast das Recht, zu spät ins Standesamt zu kommen. die Berliner Beamtin wird eine österreichische Schauspielerin zitieren. du hast das Recht den Kopf zu schütteln. die ostwestfälische Verwandtschaft hat das Recht, Photos zu machen. du könntest mal nach Ostwestfalen fahren und zu spät in Ostwestfalen ankommen.

ACHIM WAGNER

Palimpsest

Keine Lieder wehen über den Bosporus
kein Blau fließt ins Blau
türkische Hubschrauber geleiten eine russische Corvette
zum Schwarzen Meer
ich schreibe dir eine Nachricht und überschreibe sie
und schicke sie nicht
dass ich dir meinen Körper übergeben möchte
samt Istanbul ohne Verhandlung ohne Belagerung
ganz Kapitulation
von den Wassern zu den Brücken
am Taksim entsicherte Maschinen-
pistolen Spezialeinheiten
ein Polizist in einer Seitenstraße
mit einem Tulpenglas Tee fast ein Idyll
dass ich noch einmal Hotel sein will mit dir
Laut und Bett lösche ich in deiner Sprache

MAJA-MARIA BECKER

Asterope

bemerkenswert an der geschichte der menschheit
ist einzig und allein die auflehnung. nun
werfe den stein, wer steine hat, stand irgendwo

geschrieben an einer litfasssäule in hamburg
sternschanze, werbung für einen hagebaumarkt.
ich las es, als über mir die ISS als winziger punkt

trieb und ihre oberfläche sich grad langsam
doch unaufhaltsam mit wasser überzog, bläulich
verfärbt in anlehnung an einen planeten

nahm jemand seinen dienst auf. der helm
von der farbe der rosa-farbenen muschel. die
vakuum-schleuse, die ein saugendes, in den höhen

glucksendes geräusch von sich gab, öffnete und
schloss sich wieder. ganz wie vokale an der glottis
auf konsonanten stoßen, fing ein detektor ein

seltenes teilchen ein, das an seinem ursprung
(einer singularität von der größe einer nuss) noch
eines von unzähligen anderen war. in einem prozess

der verschmelzung und umwandlung von information
und desinteresse zeugte eine angeschlossene maschine
daraus das poetischste aller wörter : neuguineagenozid.

der mann und sein rosa-farbener helm trieben da
längst auf einem bett, fern der station, schwerelos
bis zu jenem punkt, an dem es hieß : iss oder stirb.

tiefe wehmut wehte aus dem thema verdauung. so
stand es zumindest in den akten eins bis fünf. nächte-
lang mit sensiblen fingerspitzen in eine rotierende

aus seltenen erden bestehende magnetscheibe geritzt
die bei minus zehn grad im winter in der ungeheizten
wohnung den geist aufgab. zwar rotierte sie noch

um ein zentrum, das sich mathematisch berechnen ließ
doch an ihrem sie gänzlich umgebenden rand entstand
nichts als schaum. diese arbeit an der NICHT-arbeit

wolfgang, wasch dir die finger, sonst gibt´s nichts
zu essen! und hände auf den tisch gefälligst! solang
du deine füße und unter meinem dach! auch sitz gerade

damit aus dir ein aufrechter schriftsteller wird, der sich
aus einer tube seinen kosmonauten-pudding auf die
porzellanhand seines tellers drücken kann. und trinkst du

wein aus alten schläuchen, musst du halt auch
aus hartem tubenbrot ne flöte schnitzen. polier mir
den vorlegerteppich, franse mein raumschiff an

seinen seiten schön aus, lehn dich an mir weit
aus dem fenster mit blick auf die plejaden und
greif nach meinem haar, bevor es der waschbär tut.

aus dem späti unten, siehst du, dringt noch licht.

GRETA GRANDERATH

Risque d'orage

der Wind hat sich ausgesperrt
rüttelt an der Erbschaftssteuer

Kühe haben es des Nachts
vorausgesagt: haltet euch fest
am Gesetz des Marktes

dann verstummt die Herde
und das Weltgeschehen wird übergriffig

in den Weiten des Alls
verliert ein Politiker sein Gesicht
niemand erkennt ihn oder sie

Hillary und Angela instrumentalisieren sich
zum westlichen Sinnbild für: (bitte hier Zutreffendes eintragen)

Schilder warnen vor Schüssen
ein Baum ist gefallen

durch Hagelschlag rächt sich die Welt
am Geschehen (gerechter wird es nicht)
der Himmel tritt zurück

ein Knochen schmückt alles
alles ist geschmückt

lange keine Schweine mehr gesehen

TIMO BERGER

#PremioNacional

Einer wie Luis, den hier jeder nur #Chaves
nennt, fährt als lyrisches Ich
nachts mit seinen Buddies
hinauf zum Aussichtspunkt *Mirador*

lieblose Betonelemente umreißen
die Bühne, von der die Truppe
(vom Leben gecasted)
auf den Kessel der Hauptstadt prostet.

Die Pupillen künstlich vergrößert.
Die Körper beschrieben von Tattoo-
Großmeistern, die ihre kriegerische Geschichte
einflechten. Mit Adlerszungen und Engels-

füßen. STOPP. Darum geht es nicht
in diesem Telegramm aus der Zentral-
amerikanischen Pampa. Wo so viel Bio-
diversität den Glücksindex hochjazzt

ätzt das alter Ego eines Gedichts, dass man den Wald-
friedhof vor lauter Bäumen, wie sagt man
das bei Euch? Transitzombies? Schnapsleichen?!
Wir trollen uns, Arm in Arm

den Hang hinab, in wechselnden Formationen.
Das Wort Schweiz fiel vor Langem.
Das Fleckvieh schläft im Stehen.
Niemand hat die Absicht eine Armee auszuheben.

ADRIAN KASNITZ

Bottich

Die Gebäude sind jetzt kleine verlassene Haftanstalten
die an der Erde kleben, an der Haut, Kletten an den Socken
ein Brei aus Lindenblüten und Staub auf dem Gelände
abzuschreiten in großen Schritten, ein Bottich mit Waschwasser
als hätte der Wärter vergessen, es vor dreißig Jahren auszukippen
kippelnde Bank mit eingeritzten Zahlen, Namen, Lautschrift
Jahre vor der Wende, vor der neuen Rechnung, aufgetischt
Pollenflug und Sporen als Abschirmsystem, kein kläffender Köter
das Öl eines Jeeps der Sicherheitsfirma sickert ins Kraut
Rhabarberblätter, daneben Zisterne, pocht eine Kröte
so schleimig vor Schreck, da muss man husten, speien
in den Garten, rollt ein Klarapfel, rollt ein geplatzter

HERTA MÜLLER

was weiß ich vom
Schuldzucker der Gefühle von
den Kissen der Stille jeder
folgt einem anderen Befehl der
Käfer seinem Drahtgestell
der Himmel spielt mit dem
roten Pelz die Erde mit
den schwarzen Pfoten

RONYA OTHMANN

mondprotokolle

I
ليلة واحدة ich habe meinen heimweg verspielt.
ich gestehe. zwischen zwei straßen. كنتأعرف
القلي habe ich eine münze geworfen. es war
noch nicht morgen. die schaufensterpuppen
trugen hüte. es war noch nicht winter. sie
können bezeugen, was es mich kostete. die
münze war ein kupfermond, ich trug ihn in
meiner tasche. sieben mal bin ich vorbei

II
gelaufen. هناك ich habe nicht hinauf gesehen.
wohin mich die münze geworfen hat. ich packe
probeweise meinen koffer. ich glaube nicht
mehr an den schlaf. auf der postkarte ist das
meer vom letzten herbst. unter meiner zunge
trage ich nassen sand. ich zähle nicht mehr die
fenster in den häusern. hebe keine blätter vom
boden auf, als ob ich sie verloren

III
hätte und nicht der baum. man spricht von
kreisläufen und organischem material. eisen-
bahnstraße ecke elisabethstraße أناشفتك dann
doch noch ein drittes, viertes mal. ich nehme
mir vor nicht zu zählen. ich will لاأدري.
die dunkelziffern sind höher als die licht-
ziffern. keiner liebe und keinem arbeitgeber
erzähle ich von meiner kofferkrankheit. ich

IV
habe nicht vergessen هاسمك, das befensterte
haus, eisenbahnstraße 113. a ist der schönste
name seid langem. das auf und abtauchen des
mondes. es ist genau zu buchstabieren. ich
verfasse menstruationsprotokolle, ziehe parallelen.
in abständen schneide ich rosetten aus dem
feinripp. ich rechne. was mir blüht قلب und
unterleibsschmerzen.

ALEXANDRU BULUCZ

Chemnitzer Klagelied

gesungen am 18. Juli 2016 vor türkischen Putschisten, flüchtigen Briten, ertrunkenen Flüchtlingen und Lenin mit Bart (Karl Marx)

Im fünften Kapitel des Evangelisten Matthäus steht, bis daß Himmel und Erde zergehe, wird nicht zergehen der kleinste Buchstabe noch ein Tüttel, aber ihn auszusprechen, fiel schwer … und tat es trotzdem. Keine Frage, die ihn mir gezielt hätte entlocken können, und tat es trotzdem, keiner, der die Neugier besaß, vage danach zu fragen, um sich, keiner, der mich nicht schon ein wenig kannte oder antizipieren konnte, von ihm ausschließen zu lassen, und tat es trotzdem. An dem, was an ihm hängt, am heiteren Blick, zu viel, gehe ich zugrunde, aber mir fehlt die Geduld, mich in meine Geschichte hinein- und einzufühlen, was auch nicht ginge, und ging früher oder später, meist früher, trotzdem gefühlt zugrunde. »Was ist passiert, dass du so geworden bist«, hast du einmal gefragt. »Wahrscheinlich nichts, was du fühlen könntest«, habe ich Südochse gedacht, an Exodus, bevor es dich gab. Und dann die Überheblichkeit und das Zeitgefühl vor der Windstille des Außerhalb. Nehmen wir Chemnitz' Altbauten, den Leerstand, der seinen Ursprung in denen, zu viel 'von, nahm, die lauter und faszinierender das Leid nicht mehr verschwiegen, niemand könnte ihn besetzen, sein Leiden unter der Windstille, Leiden trotz geköpfter Fassaden, nichts atmet, und die Schönheit, vor allem die Schönheit von siebenunddreißig Jahren, und alle Ideen sind wahr. Ich trage Chemnitz in mir, seitdem ich drei war, hab' mich in Gesten verfangen, die eine überlebte Stadt festhalten. Man sieht mich ab und an in einem der geköpften Fenster, und von der Straße hört man das Scheppern des Gefühls, das wie ein Klirren in den großen Klagen … und dass ich nicht mehr fühlen kann. Ich trage Leerstand in mir, und er wird da sein, so wenig er auch sei, und kein Mensch fühlt so außer mir, niemand könnte ihn besetzen, und täte trotzdem das unbesungene Geschick besingen, bis daß Himmel und Erde zergehe, bis daß an keinem Tag wieder für immer noch ein Tag gerettet werden muß. Zähl die Tage! Schreib weiter! Beeil dich! Beil dir!

GERALD FIEBIG

neuperlach

1

dieses gedicht wird unterstützt durch produkt-
platzierungen, & das ist auch gut so:
im auftrag der stiftung lyrik kabinett sitz ich
im schatten des einkaufszentrums
& sehe durch den tränensalzigen milchschaum
die seniorenpaare beim line dance
im stadtteilkulturbungalow,
dem einzigen ebenerdigen bau
für *500 miles, 500 miles, 500 miles, 500 miles.*
viele frauen tanzen mit frauen:
verwitwet oder verwüstet?
sergeant PEP's lonely hearts club band
ist nur einer allein. unterhaltung
über hundehaltung (von bonsairassen)
& die bange frage: ist das meine zukunft?

2

in neuperlach hat man so viel zukunft auf einmal gebaut
in den zehn jahren rund um meine geburt,
dass sie heute gar nicht mehr einholbar scheint.
karl-marx-ring, friedrich-engels-bogen
& das PERLACHER EINKAUFSPARADIES:
war das der eurosozialismus der frühen 70er jahre?
your future dream is a shopping scheme,
wie die sex pistols sangen,
nicht spott, sondern schlichte beschreibung?
auf der vormals grünen wiese gedenkt
die kurt-eisner-straße der geschichte,
die die innenstadt abstieß.

3
das war eine zukunft, die es so nicht mehr gibt.
die hochhäuser am hanns-seidel-platz künden
von einem konsens aus beton,
der damals so was wie eine vision war.
heute sitzt der konsens kaserniert im kanzler-
bunker innen mit blick auf die spree
& braucht die griechen, pegida & die G7-gegner,
damit er überhaupt noch eine kontur hat.
beton kriecht in alle ritzen.
trotzdem tut's weh, wenn man draufbeißt.

4
das war eine zukunft, die so längst vorbei ist.
hier sieht man ihre trümmer rauchen,
der rest ist nicht mehr zu gebrauchen.
aber ich hab ein kleines stück
von der zukunft von heute gesehen:
im stadtteilkulturbungalow, in der lücke,
die die senioren hinterlassen,
wenn die tanzstunde aus ist,
by design or by disaster,
in diesem nichts an leerem bühnenraum
beginnt die freiheit, die eigene stimme zu hören,
für 14 jungs & 8 mädchen von der wilhelm-busch-realschule,
die an ihren worten & bildern bemerken:
»das macht voll spaß auf der bühne«.
besser ist das. die ganze welt ist nämlich eine,
& ihr habt keine andere chance, als zu spielen,
wie wir alle, in dieser kulissenstadt & überall anders,
zu spielen, denn es geht um euer leben.
& i can hear the whistle blow 500 miles.

für Pia Leuschner

RENÉ HAMANN

Unsex

Heimliche Umzüge nach Dresden, nach Pankow.
Es ist nicht das weiße Kaninchen, es ist etwas anderes

Ein Geruch nach Milch in den eigenen Eierschalenwänden
Eine schwarze Katze mit Namen Minerva, die um uns herumstreicht

Eine Stadt, die an einem Tag erbaut wurde, ein Orgasmus
der eine Nation erschüttert, eine Kälte, die uns unbeweglich macht.

Stundenweise sind wir offline, poröse Gesichter, abblätternde Haut
Man braucht ein Gegenüber, das stimmt, aber warum

solltest du das sein, Frage der Bezahlung, eine Frage von Zeit.
Draußen weht ein unmöglicher Wind, alles ist wie immer

etwas schief, und die mit den Degenschwänzen
haben auch nicht mehr Sperma.

Die beständigen Verhältnisse, die Politik des leeren Stuhls, das Warten
auf kein Ergebnis, ich muss mich nach oben schreiben.

MIRKO BONNÉ

Elizabeth Street

Es ist schwer, wenn die Abschiede beginnen,
denn alles sagt es, Verschwindenmüssen,
Wiederkehr möglich, doch nie mehr so.
Darum dräng ihn zurück, den nächtlichen
Himmel, in den du hineinfliegen wirst. Geh,
zwischen herbstlichen Wohntürmen, und
in Gedanken nimm die Tram zur Bucht.
Red dir ruhig ein, dass es gut war, besser,
du sagst dir, es ist gut. Behalt keinen Kiesel.
Du vergisst bloß, wo er mal lag, auf dem Dach
eines dunklen Hotels, die Nacht, wie sie roch,
und im Regen die Ufer der Elizabeth Street.
Es wird Zeit. Bye bye pride! Es ist gut.
Nimm sie mit – jetzt ist es soweit –,
das große Licht, die Freundlichkeit.

BRIGITTE STRUZYK

In Zossen

In Zossen roch es nach Kohle.
Es riecht nach es riecht hinter her
Es riecht nach Jahrhundert,
das Tannengrün auf Luftschutzstühle tat,
wenn geschossen wurde.
Nach Rekord riecht es,
nach Braunkohlenbriketts
nach Ostkohlendioxyd,
nach Nachbarn mit Kohlenkarte
nach Kasse des Vertrauens.
So roch es in Zossen
bis hin zu Reifen-Klein.
»Lagert auch fremde Reifen ein«
dort an der Kurve, dem Fluss,
der fließt und fließt und fließt
ohne Brücke. Kein Fährmann
nur Heimkehrerautos
ununterbrochener Fluss:
er treibt Zweibeiner in die Büsche,
schießt mit dem aufscheinenden Grün
auf das Dunkel ein. Schon im Verglühn
das Holzkohlenfeuer im Garten dort,
hinter der Pforte glimmt es
unter dem Rostgelächter.
Zossen bleibt einfach hängen,
von Kletten verschlossen.

Eingeschrieben in den Tintenhimmel
über Novemberwäldern,
dem Wald von Zossen,
riesige Pappeln am Kiezweg.
In diesem Landstrich
ist alles Erhabene rar.

HARRY OBERLÄNDER

Heidelberg, fast ein Lied

für Michael Buselmeier

Das ist nicht etwa ein Haus im Park,
sondern tatsächlich ein Parkhaus, hier
wohnte Hegel in Heidelberg, *der feinen.*
Scheffel ist nicht wirklich tot, so wenig
wie Jaspers, der ein paar Schritte weiter
die Zeit überstand, als die Kapsel stets
griffbereit war, Existenz mit Zyankali.

Auch Toller lebt noch, sein Tod ein Gerücht.
Er kommt zu Besuch, lädt man ihn nur ein.
Das wusste Hilde Domin und wohnt im *Nichtwort*
zwischen Torbogen und alter Brücke, wo
Touristen das Schloss ablichten mit Selbstportrait,
also dagewesen sein werden, *forever and ever.*

Vor dem Collegium Academicum interpretiert
Gadamer Celan. *Es sind noch Lieder zu singen …*
Wann? Beachtet die zierlichen Flügel am Schuh!
Schau westwärts, Engel, woher prachtvolle Wolken
heraufziehn, leichtlebig immer bereit zu vergehen.

Der kundige Cicerone macht sich im Schlaf schon
auf Niemandes Neckar den eigenen Reim. Er kennt
den Karzer, den Knast, er kennt seine Kundschaft.
Gibt gelassen seinem heraldischen Affen Zucker.

am ende sowieso,
((einzige zeit, in der einem das
menschenrecht auf stille gewährt wird))
über der erde und über
den brettern, auf denen erde liegt.

ULF STOLTERFOHT

kniefällig und bienenfleißig. *für dominik steiger*

kniefällig und bienenfleißig – so sind wir. ein bißchen. hippes
mödling, das ich meide. man feiert sich selbst im sowohl / als
auch, ergeht sich in mentalen stäuben. matsch, der sich am
flachen ende eines denkens bildet – das sind wesentlich wir.
stimmt doch, oder? auf fiese weise überströmt das mus die öd-

nis und findet dabei seinen weg zur frau. manch andrer tat es
dergestalt. unverdaut. stoff schlemihl wechselt allenthalben mit.
kopf kühlt seinen besitzer und bewahrt ihn vor nämlichem dampf
- anstrengendes prozedere. du erübrigst dich und wirst dir der ei-
[illegible] lücke bewußt. ein barde findet sich in ungewohnter gegend

wieder. er bedarf spezifischen rats. sobald nun das orakel-jingle
erklingt, sind dir enorme restlaufzeiten gewiß. doch wisse: unter
titel »aftermieter« siebte herder fragiler. gott steh uns bei! sah
leuchten »engelsgleich« im gegenlicht. gib deinen staub am tre-
sen ab. er scheint dir paßgenau zu gleichen. tu's angelegentlich.

dann nichts wie rein ins eigene bewußtsein. es weht ein müdes
deutungslüftchen, mäeutik im gefolge. ich hab doch recht? die
neue hermeneutik tritt ihren zug in dublin an. vernunft ruht der-
weil im gelände, gebiert den veritablen müll und macht es sich
in ihm behaglich. tüll knüllt sich arg auf deutschen bühnen, da-

rüber glüht jeweils ein strumpf. dichterspeisung. ein alphatier am
frösteln. frau küßt mobilgerät – es geht demnach um alles. ver-
schiebe rückt oder drückt sich ins blickfeld. süße gärten umlagern
dein oberteil. dir sei erlaubt zu fremdeln. und immer ein gutteil
zeugma im topf. ganz feiner schall, der kurz vor zögling endet.

ULF STOLTERFOHT

letzter hasenkassiber. *für rosmarie waldrop*

problem: meine pferdchen sind sterblich, aber sehr sexuell.
daneben (»zur linken«) versinken die enten im see – grell
und über die maßen kursiv. ich bin ein kleiner scheißer.
kopfheister richtung quälmeister. problem: quälmeister mehr
so in der theorie. praktisch eigentlich nie. quälmeister viel-

mehr als garstiger dschinn. als lippenblütler. mit tippelbru-
der grimm, dem notabene mittleren. sein finales enden im
andersch. gürtlers häschen sind faktisch supersyntaktisch.
alfred und gretel im walde, hänsel bestenfalls aufgrund.
wiesenschwund. etwas tröpfelte aus und vieles verschwän-

de. behauptetes ende. neubeginn mit hölderlin. auftritt des
schmächtigen quinn. mit sidekick olle konradin. problem
des sogenannten überdem: »obwohl ein fleck im sichtfeld
farbig ist, muß er nicht rot sein.« angst wie vor quine. nein,
nein: vor vermutetem hume. wenn es also weiter heißt: »dort,

mit schwindelnder aufmerksamkeit, halte ich am WEIL fest,
einem weiteren schlüssel zum zauber der wörter« – dann:
wußte ich das damals nicht! gelobe künftigen verzicht. be-
ziehungsweise ist es jetzt auch schon egal. gürtlers bericht
über die häute neu-englands. quälmeisters grenzen des an-

klangs. problem zudem: meine teilchen sind borstig, aber
ungeheuer geladen. dahinter (»im rückraum«) versacken
die hasen, datensatt und letternfett. willy mit drillich am
zwinger. neurath findet zwischen tintenhügeln statt. und
dann? dann – ganz genau: »flatterte nasse wäsche im wind.«

MARA-DARIA COJOCARU

Stück vom Himmel[1]

[Nord]

Ein Horizont in blasser Schraffung. Wie das
Einfällt, wie es bricht, wie es sich verbreitet
Splitterbombe Licht

[Analemmatischer Anfang]

51° Rauchblau steckt im Himmel und auch
Den Schwalben unterm Bauch. Die fliegen hier so tief
Wir spielen Gummitwist in ihren Linien

[Aber dann]

34' Kein Horizont in Sicht. Los gemachtes
Diesseits zeltet in dem morgendlichen Stickstoff
Flugzeuge helfen, Haken schlagend

0. Vorhin schien er noch geritzt, der Tag
Jetzt drückt sich eine schwere Wolkendecke
Über eine Stadt, die das schon zu oft gesehen hat

4 Wieder gibt der Tag die Stadt nicht her
Die Regenwolken hängen schwer, in einer Farbe
Die das Licht verschmäht

8 Das nun ist ein »schöner wird's nicht«-Tag
Gras, das glitzert und das spritzt, nassblau darüber
Ein Himmel, erholungssüchtig, glatt rasiert

[1] Jeden Tag. Wo deine Bank stehen müsste – etwas abgenutzt

1 Es friert. Ein Bellen hängt in den Bäumen
Schockgefrostet fallen Federn auf den Boden. Falken
Flunkern, was vom Himmelgelb

2" Eine dünne Luft treibt unkend das bedeckte Weiß vorbei
Rüschenweise und in Bescheidenheit. Nur
Die Papageien verlassen sich auf gute Sicht

[West]

Vor Kurzem floss hier noch das sternenstarre Fischlicht
Um den Supermond. Blutig. Nun. Wir stoßen
Unseren Atem Richtung Stadt. Etwas bebt

[Einsatz, viel zu spät]

0° Schwelend erhebt sich der Himmel, doch der Mond
Ist noch wach. An allem spielt der Wind. Dem Glück
Ist wie immer etwas kalt

9' Da singt noch was, vom Alten, vom Aussterben der Nebel
Spinnen weben ihre Fäden hin, in eine durch und durch
Verzogene Stadtlandschaft

49. Dampfend steht hier eine Wand. Wie sie es am besten
Wissen. Am schönsten sagen. Geballtes
Grau. Selbstverliebtes. Das passiert

7 Die Nacht verliert sich. Die Sonne kupfert
Sich ins Wolkenfeld. Polizeisirenen nehmen
Die Elster fest. Glocken schlagen Schaum

0 Auslage Wolkenlocken, Gebäckstücke einer reichen
Kultur. Zufrieden blinzelt die Sonne
Patrouilliert die ganze Stadt. Der Bankdistrikt nascht

8 Asche und Goldspreu. Wir alle sind auf den Winter ein
Gespannt. Frische Leinwand. Auch die Luft. Noch zupft
Sie an den jungen Disteln. Lässt sich erwärmen

3" Den Tag hat die Katze ausgepackt. Verstreut fliegen
Die Wolken in Fetzen. Nur spielen, nicht töten
Ruft die Stadt. Die Sonne lacht sich fleckig

[Wir lassen 332 Takte verstreichen; wir haben Zeit.]

Der absolute Klecks im Wolkenmeer. Möwen pinseln ihn
Entlang der Himmelslinie. Die höchsten Häuser
Haben das Grau der Wolken abgekratzt

[Nord; was sonst]

Kaum zu glauben Grau. Der Samstagmorgenlauf
Raschelt über den Kies. Eine Mannschaft Bäume
Steht verschwitzt im Herbsttrikot. Es strotzt vor Privileg

[Dein Sonnenuntergang]

54° Mit den Blättern im Wind kreiseln
Fragen durch den Kopf. Nach dem Verschwinden der
Regenbogen. Strömendes Lachen, kleine Körper, große Pose

[Aber dann]

49' Meine Hunde suchen nach den Mäusen wie ich
Nach Neuem. Himmel, doch, noch immer grau. Und mittig
Geschnitten von einem blendenden Vogelflug

33. Mit der Zeit hat sich der Himmel umgestellt. Taglicht
Sammeln für den Abflug von der Erde. Dass man das
Start nennt und nicht Kapitulation

6 Wolken huschen hin getuscht. Hartwind
Klappert mit den Blättern, die sich erdwild geben. Grölend
Schießt das Grün dagegen in die Höhe

2 Der Grashüpfer riecht heute zwar nach
Gar nichts. Dafür sind die Wassertropfen auf den
Binsen aufgereiht. Ephemere Kostbarkeit

8 Genug gehimmelt. Endlos eitler
Sonnenpfropfen, verdeckt den halben Tag die anderen
Sterne, die ich auch sehr mag – ja

8" Immer mehr, dick, dichter Nebel. Geräusche
Stauen. Die Baumarbeiten setzen an. Kastanien
Knacken, Laubhaufen stapeln. Schwere Luft

[Ost]

9° Stirnnahes Knistern, Fadenschein. Sonst
Nichts. Bis auf die Tauben, die grauen, die übrigen
Tiere. Und der Regen presst: Ergibst du dich

49' Ich hör die Parakeets mit dem Quietscheball
Kommunizieren. Sonst hat der Nebel alles schon
Verschluckt und hustet sich – was in graublau

57. Die Stimmung ist noch immer auf dem Hügel
Wie im Badezimmer. Schwerer Nebel gesellt sich
Zum Husky Meet. Wir werden glorios begrüßt

9 Als ob der Sturm das Krähen weiter drechselt
In der Luft hält, ein Pfiff, ein Glockenschlag, ein
Flügelrütteln, Air Intercontinental

4 Waldrand, Hügel, Lichtung und du weißt schon
So ein Heiligenschein erschließt sich
Alleine dem, der meint, ein Heiliger zu sein

9 Jetzt bricht er unter der Last: Steine. Was wir erwarten
Von unserem Himmel, am Boden Asche und Rosen
Jemandes Hochzeit am Horizont

2 Bekreuzigte Hügel, Linien. Glasrand. Es ist doch so
Dass wir das Ganze nur mit unseren
Fingern zum Singen bringen können

[Nachspiel, letzte Nacht]

Dir nachleuchtende Wolken
Seitenlinientiere ziehen in ganzen Schulen
Vorbei, die Sonnenzauberei

[Und diese Grenzenlosigkeit]

17 questions
(eine frage des charakters)

caractéristi/¿qué?
misanthropi/¿qué?
philosophi/¿qué?
hédonisti/¿qué?
sympathi/¿qué?
hystéri/¿qué?
grotes/¿qué?
exoti/¿qué?
pani/¿qué?
blo/¿qué?
ni/¿qué?
o/¿qué?
/¿qué?
¿qué?
qué?
ué?
é?
?

SYLVIA GEIST

Die Liebe in Zeiten des Aberglaubens

Die blaue Schüssel
voller Licht. Riesige Zerbrechlichkeit.
Welcher Atlas hält das fest?

Auf der Nachtseite der Kugel funkeln
die Waffen des vierzehnten Jahrhunderts.
Verzierte Messer, frühe Gewehre, und in unserem
Museum ruhen Artemis' Hunde noch auf dem Leib
einer Armbrust. Gib auf, sagen die Instrumente,
die Narben ihrer Intarsien: Wir wurden geliebt.

Helle Verzweifachung und
Frühling. Vollgesogen mit Bläue
schreit der Whiskey-Jack auf der Stromleitung
gegen den singenden Müllwagen an,
die Plastiktasche, Baumschmuck seit dem Herbst,
geht auf im Wind, eine Blüte so durchsichtig
wie der verschüttete Frühstückskaffee. Wahrer Jihad,
so der Vater eines toten Attentäters auf CTV,
das ist die liebende Sorge für die Familie.

Bete und geh auf
den Markt, einkaufen für ein Lieblingsgericht
in ayurvedischem Vermilion: carrots, pumpkin, pepper
in der Farbe der Sonne überm Morgenverkehr stadteinwärts.
Über Richmond glitzert die Luftbuswolke. Reines biscuit,
blaues china. In den Alpen sammelt man sich
nach der Rettung eines Flugschreibers. Denk daran, überall

lassen sich die Algorithmen deiner Fragen entschlüsseln.
Wisch die Rorschachflecken vom Zettel, lösch die Liste,
bete im Rythmus von Algen. Auf Miso. Und vergiss nicht
die Kokosmilch, den Curry aus Bombay! Jihad ist das
Lieblingsgericht. Die Kassenschlange im Marktparadies.
Küsse auf die goldenen Zehen eines Take-away-Buddhas
beim massenhaften Entern der Hochbahn.

Gib nicht auf. Dieses Seelending ist ein Kugelfisch
reinsten Wassers, voller Gift und Köstlichkeit.
Mach es richtig. Umarme die Schüssel,
full of gifts, mit dem, was du träumst,
in Wirklichkeit. Heavens of china.

Schneide den Kürbis, die Karotten, den Fisch
mit Liebe, poliere den Tafelaufsatz. Geh auf die Knie
um dieses Fußbodens willen. Bitte
für den Seelenfrieden der Piloten.

ERNEST WICHNER

Chrysanthemen

ich habe gelbe chrysanthemen mitgebracht vom markt
für dich, er war schon beinah abgeräumt, und wo der fisch-
händler gestanden hatte, lagen eine lachskarkasse und ein

augenloser heringskopf im sonnenschein, es stank, die
vögel hatten hier schon etwas aufgeräumt, nur die salat-
blätter und einstmals grünes möhrenkraut, platt nun wie

pflastersteine, in deren fugen über die ganze fläche hin
sich reste eingenistet hatten, zertretene champignons und
apfelspalten, die bunten blütenblätter, die der wind verstreut,

dort auch die sandale eines kindes, sie mußte hier schon
länger liegen, nur ein salatblatt beugte sich noch handschalig
nach oben, ein faden möhrenkraut unter den welken stengeln,

etwas pastinakengrün, noch kippten der und jene eimer aus,
während am rand die kehrmaschine losfuhr und rissige bretter
auf die ladeflächen flogen, auch flatterten wie fait divers

in allen farben plastikschwaden, zeitungsreste, mit senf und
blut beschmierte pappen knapp in bodenhöhe durch dieses licht.
nimm mit stand hier zu lesen, die läden ringsum waren dicht,

und wolken schoben ihre dunklen bäuche vom land her
kommend in den frühen abend, nimm etwas mit, dies beinah
noch winkende salatblatt, lies in seinen müde geschwungenen

rippen, daß nur geräusch wie vom maschinenbesen deine rede
sei, geh endlich heim, ein auto fuhr in lichtenberg in die pas-
santen, hier sägten krähenflügel durch die tür zum supermarkt.

ULRIKE BAIL

zickzackstich

vogelspuren fransen über des winters versäuberung
im zickzackstich knapp an der kannte bündig weiß
die schussfäden in eisiger luft ein tripppeln ein suchen
inwendig die schnäbel überzogen in grün

ANDRA SCHWARZ

Endlich wieder störche im ort hohe masten *erinner dich*
an den dorfanger die vergessene kirche den spielplatz
überreste von damals und *das was war* hinter dickicht
schwarze erlen am grund *vergiss nicht* die trägheit
der landschaft beim wachsen flirrendes gras
an den ufern pilze an morschen bäumen
sie schwemmen auf wenn es nass wird
im winter kommt das wild bis zu den häusern
drinnen bleiben die geheimnisse für uns

ANNE DORN

Leichter Schritt

Im Wald allein mein leichter Schritt,
als sei ich Reh und Vogel auch.
Ein hingeduckter dunkler Busch
und links und rechts ein Knick und Knack
vom flücht'gen Wind. Der Nebel steigt
aus feuchtem letzten Schnee.
Ein Schrei:
Er fällt vom Gipfel,
klagt zu Tal.
Das Weiß der Wiese schimmert grau.
Im Dämmer stehn die Pferde still.
Ich geh vorbei, stets nur vorbei,
Nach mir verschließt ein Zweig den Weg.
Der Tag versinkt, die Nacht kommt auf.
Stets weit entfernt der Abendstern.

doña elba

für Christos Tsiamis

im schatten hockt der rote papagei,
bei doña elba rollt man die zigarren,
während die mücke lautlos, ohne schrei

ihr kleines denguetelegramm vorbei-
trägt und der zuckerrohrseñor beim karren
im schatten hockt. der rote papagei

wie ausgestopft, die hitze wie aus blei
gegossen überm hof; die klepper scharren
im staub, warten aufs zeichen, einen schrei,

und tief im innersten, im schlot der zwei
vulkane, die im regenwald verharren,
im schatten, hockt der rote papagei

der lava. wie der süßkartoffelbrei
im kochtopf stöhnt und schnauft, dazu gitarren
und bass, der ferne salsa einer schrei-

nerei … der tabak, feucht und schwarz, am kai
die reiher, die auf see und inseln starren.
im schatten hockt der rote papagei,
fährt endlich hoch, blüht auf in seinem schrei.

MIKAEL VOGEL

Der Annakleidervogel

Roch wie π –

Nochmal:
Roch wie
Regen auf Asphalt..
'Ula-'ai-hawane, der rote Vogel der von der Hawane-Palme ißt
Auch Kohala-Kleidervogel, kannte seine schönen Knöpfe, trug den Hut auf seinen Füßen und wanderte auf die Hände
Beep-Beep
Schickte seine Wäsche in die Reinigung nach Paris, London
Zungenmorphologisch nektarphil
Fashion
Wild und scheu, ein großer Kämpfer, sonst fast nichts über ihn
bekannt; aber
Das gehört [beiläufig] in die kalte Glut
Hawai'is. Fünf Mal, zuletzt am 20. Februar 1892
Nahe dem Oberlauf des Awini am Hang des Vulkans Kohala einge-
Sammelt worden

THOMAS BÜCH

Herbst

Das weiß doch jeder:
Beim Leiterhalten muss man den Kopf einziehen.
Da! Schon wieder ein Apfel!
Als nächstes kommen eimerweise Kleister
und die geplatzten Federkissen.
Soll's da vielleicht ein Trost sein,
wenn der Hammer aus Gummi ist?

Die Brille ging natürlich längst kaputt,
und der Optimismus wackelt bedenklich.
Jeder zehnte Apfel verfehlt den Korb.
Die Einschläge werden härter.
Aber einer von hundert Äpfeln leuchtet
hoch oben am obersten Ast und
die Pflücker strecken die Hände aus
noch in so viel tausend Wintern.

HEINRICH DETERING

Bienen, März

in meiner Wohnung lebt ein stiller Imker
er zeigt mir Bilder seiner Bienenvölker
aus einem grünen Tal im Libanon

er spricht von dunklem und von hellem Honig
wie man ihn nur im späten Sommer erntet
und deutet auf die Möbel zum Vergleich

er hört kein Radio liest nicht in der Zeitung
er möchte keine Fernsehbilder sehen
im späten März erwartet er den Mai

er liest im Wald die Honigprotokolle
und zeigt die Stelle wo der Stich verheilt

ein stiller Imker wohnt in meinem Haus

SASKIA FISCHER

Störort

Maybe-Baby – ein *Fem-Test* im Snackautomaten,
Ostbahnhof Berlin, zwischen *Bifi* und *Billy,*
Salami und Gummi, das knisternde Staniolpapier
der Stange Fett, das Aufreißen des gegelten Präsers –
die ständige Präsenz von Aberwitz, als lebten wir
in einer Show. Punktgenau Woche Zwei
nach vager Empfängnis entwickeln Frauen abrupt
Leidensdruck am Gleis wie Heißhunger auf Süßes –
als blieben die *Tage* aus zwischen zwei Zügen!
Bedürfnisse zu wecken das ganze Geschäft,
hier: nach Sicherheit. Auf Bahnhöfen! Ach,
es gefällt uns, das Schlafzimmer mit all seinen Gefahren
vorm einrollenden IC hingestreckt zu sehen.
Bei Fickpositiv die Instabile prompt ins Gleisbett kippt.
Die Junkies vertrieben, die Jokies bereit
mit ihrem Ironiesierungsbesteck, teststäbchenweise.
Sexzeitnah die *Pille danach* als Snack
wär Mittel erster Wahl. Man stelle sich vor,
Wochenende und ein Automat der Abbrüche verhindert,
kein Einnisten in Notaufnahmen mehr,
keine prall sich wölbenden Wartesäle, kein Schuldgefühl
kerngesund zwischen schmerzverdrehten Brüchen.

PETER NEUMANN

earthporn

da sitzen wir beide nun also
und warten, ein bus kommt, sitzen
wir beide, im bus, da sitzen
wir beide, während der andere schon
weg ist zum zug: halle, schkopau,
leuna, hier zieht das ganze deutsche mittelalter
wieder auf, pforten, von fackeln
umleuchtet, die feuertürme einer alten
stadt, ich mach dir ein leichentuch
aus dem bettlaken dort auf der leine,
bevor die wilde jagd durch die wäsche
fährt und sie zerreißt, die toten
tage: von hier an gibt es kein zurück,
der blick dringt unaufhaltsam vor
bis zu den dingen, da sind die berge, die talgründe,
die saale, ein licht, das unbeweglich
durch die felder geht, und die häuser ansteckt,
kerze für kerze, siehst du da drüben
die gärten, diese schönen deutschen gärten,
die äpfel, die ich schäle, sind uns
noch immer vorausgelaufen, wie schwer
wiegen die arme der pappeln

ANDRÉ SCHINKEL

An Hilbig: Reise durchs Licht

Heute blühn die Magnolien für dich.
Magnolien, im August, wirst du sagen.
Aber so ist es – mit Porzellanblüten
Schlägt heute jeder Strauch, ja, Straßen-
Mast aus, um dich zu ehren. Und
Ruhe nun aus: wo die dürstende Erde
Die wunderlichsten, auf dieser Seite
Der Welt noch nicht erblickten Blüten
Austreibt: Wolfswegerich, Feistblatt
Und Araratkraut, Lilien mit Schwertern
Wie Abteiltüren schwer, und schwarze
Gladiolen … Bald stehn die Plejaden
Günstig und du findest den Orionweg –
Mit dampfenden Früchten behangen,
Steigst du ins Irrlicht. Solange blühn
Die Magnolien, heulen die Zerberusse
Für dich … ein sanftes Glimmen und
Glühen für dich, in der Nacht von Berlin.

erinnerte zeit

bill evans, paul lewis

erinnere dich des frühlings beim spaziergang am gefrorenen teich;
hör wie dich eine musik ruft. lass sie dich tragen
zu einem glitzernden strand mit aufragenden wellen, in denen delphine spielen.
in deinem stillen gemüt wechseln die farben der zeit. zeilen erinnerst du –
erinnere die zeit, zu der du sie gemeinsam mit jemandem sangst.

die zeit ist in dir. sieh deine hände und wie sich aus ihnen der raum füllt;
eine WG voller engel. nimm sie, zeig ihnen wo's langgeht
zu prachtvollen himmeln, smaragdenen hügeln, auf denen riesen spielen,
und obwohl sie laut jauchzen die stillen zeilen gern hörn wolln,
die sie zurückrufen an deine hand. dies land hast du lange gekannt.

erinnere dich des frühlings im schlaf durch die ehernen tage des winters.
wie nur können wir vergelten, dass du uns vertrauen gelehrt,
auf wärmere zeiten zu warten. und als dein herz »still!« pochte, ein letztesmal
»still!«,
was erwartete dich? schlag doch noch einmal die zeile, schlag die zeit an;
wir erinnern uns dann und stimmen mit ein. wir stimmen mit ein.

MARTIN ZINGG

Suchlauf

In Zeitlupe, wenn ich das bitte
Noch einmal, war da

Nicht eine Totale, aber lange
Ist das, wenn ich das bitte

Wieder, ein Bild
Aus den Siebzigern, unfertiges Glück,

Had we but time and love enough,
Ich weiss, du auch, wovon ich spreche,

Verwischt und schwer
Von einer langen Verneigung

ANNE DORN

Farbenspiel

Oh Himmelsblau: Schön weiß und rein
wo dich die Wolke deckt.
Dicht grünbetupft, wenn ich im Walde dich –
nach oben schauend – sicher finde.
Du schwarz durchfurchte Doppeldeutigkeit,
der Weltraummüll ist dir wie Staub am Schuh.
Blau, sagt man, war und ist des Geistes Farbe,
das Blut des Lebens Rot, vielleicht noch Gelb.
Die beiden trägst du nur am Rande
im Auf- und Untergang
der dir in Dienst gestellten
himmlischen Körper. Was wird sein
wenn ich ins Gras gebissen
und das Sieb der Erde
durchlaufen habe, um als Hauch
dir nah zu sein: Ein Ton im langen Lied?
Warum die Sehnsucht, wenn ich dich erblicke,
warum dein tiefes Dunkelblau des Nachts,
das mich verführt, dich greifbar nah zu denken?
Gern würd' ich dich erträumen und mir sagen,
dass du nicht wahr bist, nur tief in mir selbst.

Blauäugig bin ich nicht.
Was lieb ich dich so sehr?

MARKUS BREIDENICH

So ist das Meer || Die Seraphim
erzählen vom Leben | dass es über dem
Spiegel grau erscheine | Wie Beton

Dass es Schlafplätze gebe
Und abends baue man Leitern
befülle die Wolken

mit Körpern aus einem weit entfernten
Land | Registriert | die ungeöffneten
Augen | die angespülten Kleider | Hände

Menschen sind anderswo | Und das Blau
täuscht einen Ort vor | eine Fata Morgana
am Meeresgrund | Warnleuchten

Hier || *In paradiso*
Um seine Gärten gezogen
die algenverhangenen Zäune

ANSGAR RIEDISSER

achtung! wir haben alles zurück
zu wörtern gemacht diese schöne
pflanze hier im garten diese
wendeltreppe die den himmel nicht
erreicht den alten der auf dem
balkon sitzt und raucht alles
zurück zu wörtern gemacht gefangen
hinter dem wachmann aus blauem fleisch

was sich noch widersetzt:
die blätter die hummel die
kante hier aus stein

Verstehen heißt antworten – 3

Wollen wir Zeichen?

Ist es nicht so, dass alles,
was durch den Kehlkopf
gepresst zu Tage tritt,
das Dunkle nie
verlassen wollte?

Dort unsre unerhörten, nicht erhörten Bitten
noch nichts bewirken müssen.

In der Zwischenzeit trösten wir uns
mit der Notwendigkeit von
guten, befahrbaren Straßen.
Wir brauchen auch Schienen,
alle fest und frei,
frei von rostigem Gerät und Müll,
frei von allem, was sich nicht mehr
bitten lässt, *nicht* da zu sein:
aufgeblähte, schwere Tierkadaver,
gestürzte Bäume, blutverschmierte Kleider.

Während wir die Welt
auf der Karte ihrer Bedrohung
ängstlich betasten,
wird die Höhe, jene *alte, gute Weite,*
an ihren porösen Stellen punktiert.

Wollen wir Zeichen?

Einer hält die Leinwand hoch,
mit dem schimmernden Weiß eines Pferdeschädels,
von dem das Fleisch mit chirurgischer Präzision
entfernt wurde.

Um ihn herum entflammt das grüne Gras.

Ein Pferd namens *Lady.*

Das Unerklärliche erlitten. Das Bild bereit,
von der Bedrohung in Colorado zu erzählen.

Wollen wir Zeichen?

BERTRAM REINECKE

Verstimmte Sestinen

Alles im Lot. Kunst
Nutzt als Show denn
In sich ruht wer hat. Lohnt
Stolz? Wird dadurch Mehr-
Wert? – Wohl nur im Wahn!
Lass Lessing doch ruhn!

Klagen ist Tortur
Kunst war so schlecht nie
Die Kunst geht nach Brot?
Oh ich lach. Kunst strebt
Sehr hoch. Und sie fragt
Nach mehr: Will och die Wurscht.

Vokalspektren nach dem Sestinenschema permutiert: a,e,i,o,u:
1,2,3,4,5 > 5,14,2,3 > … >2,4,5,3,1 > 1,2,3,4,5

SIMONE REGINA ADAMS

Sonja

Um viertel vor acht sagt einer, dass er nur sagen
will, was er denkt. Und dass jeder nur noch
an sich denkt. Und ob er den *coffee to go*

in XL – Sicher, sagt sie, sofort
Und fragt sich, ob Andrej die Cornflakes gegessen
die Trinkflasche eingepackt und den Bus

kurz nach sieben geschafft hat. Um halb zwölf
sagt eine: Nu bin ich schon so alt. Die Welt
wird immer verrückter. Lesen Sie Zeitung?

Selten, sagt Sonja. Mit Milch? Und denkt
dass Andrej heut wohl um eins aus der Schule
kommt. Brote schmiert. Fernsieht. Von vier

bis sechs putzt sie im Servicecenter
und danach zuhaus. Die Nudeln kochen
Und später, während dem Essen, fragt Andrej nach

den drei längsten Flüssen Deutschlands. Zehn Wörtern
mit *-ig* und *-ich*. Und dem größten gemeinsamen
Teiler von sechzehn und vierundzwanzig

You lack three things

you lack three things:

o…
o…
o…

(three letters each)

3. KAPITEL

denn ich trage einen sternengürtel

ASMUS TRAUTSCH

der einschwingvorgang der ewigkeit

die schwerkraft hat sich gesetzt
planeten kamen in form
grönlands eisschild ließ sich
erst eben als faustkeil erkennen.

arten werden täglich
zum exemplar vor dem aus
das internet hängt pheromone
wie alle winde ab doch nur
länger als kohle leuchtet die sonne.

nachts zeigen ihre weißen cousinen:
fixiert wird unsere zukunft
nicht gewesen sein. unlimited growth
rückt die ränder aus den augen.
der aralsee: dauerhafte information.
das mittelalter setzt auf
kepler-452b jetzt an.

ein schluckender akkord mit offenen enden
darin sind wir
darin alle auftakte
stumm geworden.

STAN LAFLEUR

Die Charaktere in Fernsehserien werden unmoralischer von Jahr zu Jahr

rasch verflogene Zufallsbekanntschaften die Mücken, das Fieber bleibt
gefährliche Männer, heißt es auf Hausmauern, leben Mückenleben
unter den Galerien mit leeren Schaufenstern stehen Leute aus der Bibel
rückwärts laufende Ventilatoren, das hätten sie wohl gern, grinst Lara
in ihrer Paraderolle als Elektronikfachverkäuferin, alles klimatisiert
in diesem apokalyptischen Aufbau aus Waschmaschinen, Bildschirmen
je tiefer der Laden, desto weniger beleuchtet, Friedhof im Hinterbereich
das sind wirklich wunderbar funktionierende Geräte anerkannter Hersteller
eine wunderbar kühle Dunkelheit in den toten Ecken des Verkaufsraums
Laras wunderbar dunkler Lipgloss, Rosenkränze hängen von den Griffen
der Kühlschränke, zwanzig Ave Maria für einen Kleinbetrug, gegrüßet
seiest du, voll der Gnade landet ein bunter Plastikvogel auf ihrer Bluse

DOROTHÉE LEIDIG

Flocke der Vorsehung

Alles drängelte, wiewohl das Spargelfeld sehr geräumig war und man sich redlich
hätte verteilen können. Doch war am Tag zuvor das Gerücht herumgegangen,
wer zu zaghaft am windgeschützten Rande stehen bliebe, liefe Gefahr, den
wahrhaften, den betörenden Augenblick zu verpassen. Nun stand die
Menge eng an eng, keine Spitzmaus hätte mehr Platz gefunden,
um mit den Ohren zu wackeln. Es dauerte und dauerte, man
maulte schon. Da endlich das Kratzen des gusseisernen
Ritzels, der Kolben wurde gespannt, seufzend löste
sich die Flocke der Vorsehung und stieg hoch
über das Feld
empor

ELENA MPEI

ins ungewisse

nur leichtes gepäck, gebt acht! sagt der karawanenführer – und:
das wird die mitreißendste lebensfahrt! einmal ohne zurück und
bekanntes ziel quer durch den wüstensand!

oh nein aber liebling, sagst du, bevor wir in getrennten waggons
aufbrechen, lass uns noch schnell einen schlussstrich in den sand
kerben
alle bisherigen wohnadressen aus unsrem reiseatlas wischen
die kaffeetassen mit städtenamen an den sesshaften nachbarn
verschenken
alle augenpaare und handinnenflächen die
uns fehlen werden von unseren körpern schälen
(auch die zungenküsse aus unsren mündern fegen --)

wir schreiben uns zwischendrin buchstaben: a *wie diese reise wird
die letzte dieser a*rt und v wie in *verflucht was haben wir bloß
gedacht*

aber der karawanenführer zuckt bloß mit den schultern und
führt uns ins ungewisse – ihn könnten die aufgescheuchten
falkenschatten nicht weniger jucken – schaut her, sagt er,
dahinten birst eine lila blüte durch den wüstensand

erinnerst du? der tag, den du im nachhinein auf deinen leise
mitgereisten wohnadressen, kaffeetassen, zungenküssen mit
dieser großen zahl voll zukunft *getagt* hast

MICHAEL WILDENHAIN

running like gottfried

Hörst du den Nachtklang der Städte
Groß die Lemuren und blind
Sehnsucht und dann die verwehte
Nähe wer immer wir sind

Hörst du den Ton die Fanfaren
Hörst du den Wehklang das Horn
Wind geht in deinen Haaren
Zausen sich Zögern und Zorn

Hörst du das Flüstern die Worte
Die dir Geleit warn und licht
Wüst bleiben Straßen und Orte
Andere kanntest du nicht

Hörst du die Stimme das Sterben
Niemand der dir seine Hand
Reicht der Ton das Verderben
Um dich Ruinen Sand

ANDREAS ALTMANN

alte geister

dünne schatten schweben über ihren körpern.
das licht ist leicht, verweht die augen. farben
fallen in den dunklen kreis. das stahlgeflecht
der hohen zäune glänzt. der draht ist scharf,
dass sich die stimmen daran schneiden. es ist
das blut, an dem die hunde wachsen. die birken
brennen weiß. der strom fließt tag und nacht
durchs gitterfeld. die wege brechen ab. und
in ruinen rufen sich die geister an und sammeln
sich auf leeren plätzen. selbst scheiden sie sich
aus. die lieder sind an den gerüchen zu erkennen.
der boden ist so aufgewühlt. die tiere kommen
aus dem wald. sie haben sich verwandelt. ich sehe
mein gesicht in ihrem gang. es geht durch mich.

RÓŽA DOMAŠCYNA

Es wandert mich zunehmend um

durch die kleinen residenzen
durch die grossen tümpel
was erkennbar bleibt
der kreml der zwinger
lustschlösser luftschlösser
noch in der abgetragenen gegend
wieder angekarrt errichtet
geschliffene kanten
nichts soll erinnern
an geschleiftes
projektionen auf ruinen

und dazwischen dieses blauen
auges irres blau

MARGARETE STOKOWSKI

frau k.

unsere wenigen pilze wackeln im korb
und da hinten, sagt die nachbarin,
ist die liebeslaube, wenn ihr da hin kommt,
bleibt bloß weg, das ist die liebeslaube
aber icke, sagt sie, ick bin ja so ein luder,
ick geh ja denn gucken, und neulich
hab ich nen arsch blitzen sehn
fährt uns vor die tür
und schenkt uns ihre pilze
und am nächsten tag im wald da fährt sie
ganz dicht ran an uns und den hund und ruft,
hab ne neue katze,
kleener roter kater langhaar
hinten im sack isser
lacht und fährt weg und wir fragen uns
wo
war die laube

LUTZ SEILER

für alle & jeden

letzte nacht der traum
vom abgeschraubten mond.
wie er bronze-glühend beiseite zog
und plötzlich der rost, das öl,
die bolzen & die bohrungen
    & dann
die ganze alte halterung
für alle & jeden sichtbar war

JUDITH HENNEMANN

Es ist so weit

Dies ist kein Kinderzimmer draußen die taghelle Nacht
schneidet in meine Decke aus Zellstoff Sterne und
den halben Mond. Vier europäische Wände vom Mars
aus zu sehen. Sie bleiben stehen für den Augenblick. Jeder
von uns trägt Wanderung in seinen Zellen. Die anderen
erkennen das Ziel ist ein Anfang. Es sollen Roboter kommen

doch es sind Immanuel Kant und die Gastarbeiter. Bevor
es kalt wird werfen Rosinendrohnen Astronauten Nahrung
ab. Es gibt keinen Cyberspace es gibt Formulare. Wir
kennen unsere Sprache nicht. Begriffe wie Feldbett und
Wasser. Heimat ein Lückentext. ES IST SO WEIT. Ich will dieses
Spekulationsobjekt endlich von Menschen erobert sehen.

»Europa benimmt sich grässlich in der Flüchtlingskrise. Deutschland hingegen zeigt echte Führungsstärke. In der Flüchtlingsfrage folgt es nicht instrumenteller Berechnung, sondern Immanuel Kant.« Gastbeitrag von Giannis Varoufakis: »Die moralische Nation«, F. A. Z. *vom 13.09.2015*

TRISTAN MARQUARDT

im posteingang. unnerreichbar für den körper mails,
die der blick abholt. vier gewissen versinken in meinem,
zwei finger scrollen in tiefsee. kein all, das dem andern
gleicht, und keines sich selbst. es ist spät, mails sind
rückschluss auf nichts. als hieße schreiben, es schneit.

stimmen bei skype. strecke wird dauer. kein tool gegen
die grobheit, nie auf das, was man sieht, zu schauen. echtes
verlangen nach echten hirn-w-lan-schranken. ich träume,
das beendete gespräch schläft in einem endlosen kabel.
ich geh raus, reiß die straße auf, um zu löschen, wo ich log.

JUDITH HENNEMANN

Peenemünde

a method of reaching extreme altitudes
Robert H. Goddard, 1920

I

Möglichst hoch schießen, so fing alles an, möglichst tief tauchen.
Menschen, die das aushalten: Kinder, Physiker. Feingliedrige
Formeln zur Berechnung des Raketenofens, am Ende sieht es grob
aus. Bauen, biegen, brechen, was das bedeutet bleibt eine Frage
des Materials.

II

Rauchen verboten im Hangar, dort glühen Rheintochter, Enzian,
Hagelkorn und Schneewittchen. Im Lager tragen sie Zementsäcke
gegen die Kälte und Ziffern. Beispiel einer Reaktion (Ausschnitt):
20 C_2H_6O + 17 H_2O + 84 O_2 ergibt 77 H_2O + 40 CO_2 + 24 O_2

III

Von außen glatte Haut, als hätte man eine Nadel aufgeblasen.
Die Frau im Mond fliegt mit, friert in ihren Seidenstrümpfen
am Rand der Stratosphäre. Über der Insel spuckt sie Kirschen,
kleine stählerne Kerne. Sie trifft. Dann näht sie den Himmel zu.

IV

Hier unten hält sich niemand auf an Äußerlichkeiten. An jeder
Naht leckt das Meer, jede Luke ein weiteres Maul. Organe, Enzyme:
Woher sonst die Angst verdaut zu werden? Kugellager in Röhrchen.
Zuhause finden sie heraus: Schmetterlinge haben röhrenförmige
Herzen.

V

An der Oberfläche bebt ein Flügelschlag. Die Köpfe heben, aufsehen,
wieder sinken lassen. Treibstoffe sichten, schweres Gerät am
Grund einer Rostsee. Oben das Kräuseln der Friedensbewegung:
Weißer Schaum. Er kam nie am Strand an.

LEVIN WESTERMANN

MAN GEWÖHNT SICH

an alles. Es stimmt.
Donnergrollen, Wolken,
Wind. Körper schaukeln sacht
an einem Baum.
Es gibt nichts,
was ein Mensch einem anderen
nicht antuen würde
— Carolyn Forché.
Wir meiden die Strassen,
bleiben am See,
folgen seinem Ufer
durch das gräulich
graue Licht.
Und Asche
auf dem Wasser, Asche
im Gesicht,
riesige Knochen, die rosten
an Land.
Dann wieder Regen, dann
wieder Nacht. Wir sitzen
unter Planen
im Gebüsch. Die Gaslampen
flackern. Zwei Engel
stopfen sich voll
mit Staub.

PHILIP KRÖMER

falun

L jahr gehen ins land
liegt ein mensch liegt unverändert
schön+blond
wie L jahr zuvor

sagt einer die liebe
überdaure
kein L jahr (! spott)

auch der knopf am hosenlatz
ist noch der gleiche
wie L jahr
zuvor + gelöst

$CuSO_4 \cdot 5\ H_2O$ (! das ists)

liegt der mensch liegt unverändert bronzen
liebt seinen menschen
seit L jahr

im schoße (! unterm latz): ein faustdicker kristall
licht+blau

CHRISTOPH WENZEL

MOBILFUNK IST GLÜCKSSACHE, in den serpentinen
halten sich die schüler an den empfangsbalken fest,
es gibt für sie kein netz. nach der sechsten stunde
kämpfen sich die busse an den webseiten
der vorortfirmen vorbei (*tiefausläufer*
der gutenberggalaxis), setzen die kinder
an milchkannen, telefonzellen und funklöchern ab.
und immer hinter diesen feldern kippt ein schlager
aus flandern in den WDR. *met jou wil ik de hemel zien.*
das handy tickt im radio, findet spät erst zu sich selbst.
im talkessel hat man drei weitere gemeinden vergessen,
stattdessen kuhställe und weiden mit breitband versorgt.
die schüler träumen von flatrates an tankstellen und
die älteren geschwister schwärmen von den
sonnenuntergängen hinter den getränkemärkten.

SASCHA KOKOT

sobald die Stadt zur Ruhe gekommen ist
kann ich die Tiere noch hören
ihre verhaltenen Rufe und Krallen
alte Streunpfade entlang wetzen
wo sich der Unrat verfängt und wüst modert
gruben sie die letzten unversiegelten Flächen auf
ihr Bau muss bis weit unter unsere Kellergewölbe reichen
sich in Hecken hinter Zäunen zwischen Gleisbetten öffnen
früher sah ich sie dort vereinzelt verschwinden
jetzt finden sich nur noch die Spuren ihrer Jagd
oder eine Losung als Hinweis auf das Grollen
das seit einiger Zeit in den Mauern zu spüren ist
und in meinen Träumen anschwillt

PAUL-HENRI CAMPBELL

auf dem nachttisch, liegend

the wait's begun again,
the long wait for the angel,
for that rare, random descent.
¬ sylvia plath, a black rook in rain weather

dich im spiegelsatz meine liebe
nach einem *enstranged* vorwort
von ted nach stunden nach sibilant
nach plattetüde aneinandergerauntem
denn gegenüber dir misstrauisch bis
wie ein reiner akkord kakophonien
zum trotz oder entgegen oder hindurch
gegen alles gestemmt diese [redacted]
allein die nähe von diesem *of whatever*
angel may choose to flare
suddenly
fermate *at* halten halten [redacted]
my elbow und nicht darüber hinweg
über *respite* und ~~ein~~ wort das mir
schon die gesamte infusion lang
auf den lippen liegt *armistice* erzen
wächsern
~~sprichst~~ du schmucklos und ohne
camouflage aus ohne retusche einer
metapher unumwunden *black feathers*
trotz weiß [redacted] fast immer weiß
as to seize my senses halt halt die nacht
haul [redacted] *eyelids up* [redacted] *grant*
sooft das buch zur seite gelegt ~~müssen~~
staub staub man vermag so rasch
wenn es liegt kaum ein dach *and grant*

a brief respite from fear die kanüle
brennt auch ~~ohne ohne ohne~~ nur sie
das tröpfelflüssige nach der kaum
ich kaum noch meinen namen aus
a brief respite from fear nur vorsicht
of total neutrality hier deine plötzliche
                                        inversion
wende winde [redacted] vage meine unter
brechung aller tröstung *through this*
season of fatigue, i shall ~~patch together~~
a content of sorts

SASKIA WARZECHA

intersect I: die faltungen im space shade weichen nicht. kommastellen, nachkommastellen. ausfächerungen in fraktale, ich halte mich auf. kaue auf zähem glauben herum. dieser inflationäre gebrauch von genauigkeit scheut auch den negativen zusammenhang nicht, trotzt. wer bestimmte das maß für die feinheit von fäden? *lass uns nach paris*, sagst du, *da liegt ein meter*. minutiöse berichte, überschneidungen im origami-licht, in elektrischer isolation gekippte bilder von gebaren. bedingte ausweisung also, abschirmen aller munition um, was ruft das wach?, ferne, konzentrierte kreise strom.

SASKIA WARZECHA

intersect II, gelöst: wir lehnen uns an kugeln. aus geübten schulterschlüssen ziehen kreise zyklen vor. zirkle ab zur dazugehörigkeit von themen: kennst du das? / ich stelle mir schnee vor dabei. dein kleiner schauer macht mir nichts. ist kennst-du-das-zerwurzelung ein zuckerrand am glas mit dem man fliegen fängt, sich folgendes versagen.

Zone 4, X-ter Nebenweg zur Allee der Reformen

soviel ist gewiß, es bildete sich eine gigantische
Gummibärchenwolke, die knautschbar aussah

ein Kollege lag noch mit zerfetzten Klamotten
auf dem Trottoir, lallte und zuckte spastisch

die Kleinteilehändler verachteten ihre Waren
Pinörkel, Pinörkel! schreit sich nicht gut, die

Geschehnisse verschwanden mit den Pfützen
Dreitagegeschehnisse, nach drei Tagen werden

die Dinge auf Null zurückgesetzt. Pinörkel
lagen da Schrauben, Nägel, Klammern, Adapter

im Staub unter den Planen, jedes Teil ein
zentraler Ausdruck, eigenständige Zeile des

Lieds von allem was jemals schiefging, das
aus den Ghettoblastern der Garküchen schallte

SANDRA GUGIĆ

Die Gekränkten

Algorithmen berechnen *das Vorhandensein einer übertriebenen Anzahl nützlicher Dinge* Algorithmen erwägen die Überwachung der Transparenz *einer übertriebenen Anzahl unbrauchbarer Menschen* Algorithmen vermessen die Schatten einer vertikalen Gesellschaft Algorithmen prophezeien ein heraufziehendes Wortgewitter
Das wird man wird ja wohl noch sagen dürfen
Man wird ja wohl noch offen sagen dürfen dass
Wenn Sie nichts zu sagen haben, sagen Sie es laut
Wenn Sie eine starke Hand brauchen, geben Sie Laut
Wir haben unsere Schuldigkeit getan wir können mit gutem Gewissen
heute hier zusammenkommen um uns im Namen des Sports zu hassen
Wir kennen den Namen des Vaters den Namen des Sohnes
und deinen Namen
den kennen wir auch

MARKUS BREIDENICH

Es hätte die Welt sein können mit all ihren
Einzelleraphorismen | Unauslöschlich und
eingetaucht in die Lipidschichten zwischen
Außengelände und inneren Monologen

Ihr Herzstück ein Schienenverkehr mit
nicht enden wollender Fracht auf
molekularen Motoren | ein Netz von
Geißeln und winzigen drehbaren Proteinen

Im Scheinwerfer eines Lichtmikroskops
erschienen die Kernschatten der Innereien
überlebensgroß wie abends
jeder aufrechte Gang in tiefstehender Sonne

Es hätte jeden treffen können aber die Erde
war in Reichweite der Himmelskörper
Ein kurzer geistesabwesender Augenblick
Ein Knall und Rauchzeichen | Lichtsekunden

und alles war ein Trümmermeer aus
Fossilien | eine schräge Umlaufbahn
mit langsam vergehenden Bildern und Jahren
Lebensweisheiten | von niemandem mehr berührt

THOMAS BÖHME

Nur widerwillig ertrug er das Tageslicht.
Er mußte den Reisestaub abschütteln
von seiner nächtlichen Fahrt zu den Sternen.

Beim Sudoku fiel es ihm wieder ein:
Er war dem Geheimnis des Universums
auf die Schliche gekommen.

Einstein, vermutete er, hatte die Weltformel
die ihn Jahr um Jahr seines Schlafes beraubte
mit ins Grab genommen.

Jede Zahlenkombination
die ihn der Lösung näher brachte
stand für ein singuläres Ereignis im Kosmos.

Es gab auch die strittigen Fälle
bei denen die Zahlen zu flackern begannen
wie Sterne, die aus aller Ordnung fielen.

Nahm aber die Unordnung überhand
wie auf seinen heillos übermalten Quadraten
griffen die Götter dann ein?

JUDITH SOMBRAY

Liebe,

die sterbenden Wespen kommen zu uns und die lebenden folgen ihnen
um sie heimzubegleiten. Keiner unternimmt etwas gegen den Regen
der inzwischen bis zum 3. Stock ums Haus steht (wir sind im 5.).
Ich atme die verbrauchte Luft direkt unter der Zimmerdecke, gierig,
als läge darin die Lösung aller Probleme, die man buchen kann
Liebe, ich schreibe dir gebückt und kurz bevor der Tag sich ausschaltet
ich schreibe dir mit Wespen im Zimmer, ich schreibe dir vom Sprungturm
über den Becken der Nachbarschaft, über denen, die zwischen dem
dritten Stock und dem Erdgeschoss ertrunken sind. Liebe, eigentlich
weiß ich nicht, was ich dir noch sagen kann, während das Wasser steigt
wächst das All und bisher konnte mir keiner erklären, wo hinein und
wann alles aufhört: Die Wespen, das Wasser, die Fernsehgeräusche
der Nachbarn und das endlose Wetter

CARL-CHRISTIAN ELZE

IRGENDWANN BIST DU EINEM RIESEN AUF DIE SCHULTER GESPRUNGEN

erst auf die kniescheibe, dann aufs gemächt, dann auf die schulter
um nicht zertreten zu werden .. aber nicht von riesen
sondern von menschen. seitdem hast du eine aussicht:
dein riese geht spazieren mit dir, ein wandelnder berg
und brummt in sich hinein, ein wandelnder dom .. noch berauschender
noch beruhigender als damals, als du auf bäumen saßt
als kind. und irgendwann bist du noch höher gestiegen
auf seine wimpern, und hast dir ein haus gebaut
aus deinen zerrütteten nerven, eher ein nest, das bei jedem
lidschlag wippt und bei jedem traum karussell fährt
auf sich wälzenden augäpfeln. aber du fühlst dich zuhause
schon längst. schon längst greift dein riese sich nicht mehr ins auge
um dich zu entfernen. du bist kein fremdkörper mehr, du bist
der floh eines riesen und führst deinen riesen spazieren.

KATIA SOPHIA DITZLER

ich destilliere fluide für den heiligen gral

zum Thema Reise: Calcium, Ø-Atomgewicht: 40,078

ich destilliere fluide für den heiligen gral
schick deine kinder auf erdwärmelehrpfade, damit sie ____________
_________________ mit seen und stalagmiten aus taubenkot
ich sehe die inseln im dunst, von der fähre werde ich nicht springen
ich suche ein revier zum reviermarkieren und einen
☐ haltlosen ungeheuerlichen
☐ bodenlosen kavalier
☐ ungeheuerlichen wrestler
zum säugetierschälen. es gibt eine uniform zu erben, meine
facettenaugen sehen alles in waben.
die konkursmasse um die wir uns streiten
besteht aus giftgas und freiluft und _________
ich habe nur sonntags feinde
aus ________, gips und anhydrit
dank des ☐ TTIP ☐ TISA ☐ CETA meines vertrauens
gemeinnützig und mildtätig
strecken wir die zungen aus
lassen milben darauf nisten,
die sich von __________ ernähren
kardamom, muskatnuss, zimt und vanille
die flotten meiner träume brechen auf!
ich verleumde meinen verstand.
ich ___________ meinen verstand.
weißt du, wo er wohnt?
wir könnten sein haus mit drohungen bemalen
das problem des begabten kindes
ist die unfähigkeit zur ☐ symbiose
☐ nekrose
☐ gürtelrose

der querulant streunt in ☐ samarkand ☐ feindesland ☐ khojand
ich säe elektronenbahnen wie blumen hinter aphrodite
ich habe verschiedene tiere über meine schulter geworfen
ich bin durch den wald gegangen als er verbrannte
singen kann man nur in der sprache des aerosols, und das auch nur
an den ______________ tagen. da besteht kein zweifel.

öhr

mit linksrheinischer öhrspitziger nadel phrygische mützen kopfüber eingespannt achzehnhundertzehn in mayen in die nähmachine des balthasar krems in endloser fadenrolle aufgeweitete schlingen ein umgelegter rand ein stachelrad rückt weiter stich um stich

ILMA RAKUSA

Von wegen Regen

Schäumender Tag
es hat sich ausgeregnet
und Sanftmut ist kein Wort
für danach:
das trotzige Tropfen
bis in die Ställe
den Mund.
Jetzt ticken die
weichen Uhren.
Sag nicht der
Donner kommt durch
die Tapetentür
und alles von vorn.
Wer will schon einen
wässrigen Milchwald.
Ein akutes Lüftchen
genügt.
Zwischen Schreibpapier
Zweifeln und dem
Oxford Dictionary.
Horch wie kühl.

CHRISTIAN SCHLOYER

im trailer die chemtrails der apokalyptischen reiter

halbherzig wälzt sich herab von
regenwaldverhangenen

hängen ein sturm könnt auch sein
es sind hubschrauber mit schnell

feuerwaffen über *dschungel-dschungel-*
*dschungel-dschungel-dschungel*landschaft

mit panisch kr-kr-kr-kr-kr-kr-kreischenden
vögeln einer bleibt

in der luft stehn ein leichtes
ziel unverschämt friedlich

der moment bevor er abstürzt + brennt der
hubschrauber der vogel der moment als alles

aus dem kino rennt der filmvorführer bleibt
ein federleichtes ziel hat sich hinein

bequemt wohl in ein
hirnlappensofa *an der schnitt*

stelle zwischen wahrnehmung +
sprache wie man sagt nur dass da

kein hubschrauber mehr vielmehr
ein ufo *eine untertasse* wie man sagt

sie kreiselt
überm weißen haus *über dem*

einzigen weißen haus in unserem dorf &
entführt die am wildesten gescheckte

kuh aus dem stall (wir nannten sie
präsident) mit einem dunklen

transportstrahl der das beweisfoto
so sehr verdüstert da ist nichts mehr

zu erkennen *so wie eben realität*
wie man sagt *schon immer die fakten*

verdunkelt bis jemand
licht macht im kinderzimmer im

turmgehege wo wir wund liegen
zwischen kunstvoll geschwärzten

akten zwischen laternen auf der dorfstraße
stürmt uns das alter entgegen mit milch

zähnen die blitzen wie sensen & es
quaken frösche & entern

den teich in dem sich tagsüber
das ufo versteckt mit all seinen

sternen *mit all seinem all*
bis zur abenddämmerung

der filmvorführer aber blendet
ab er wohnt jetzt in einem western

in dem gar nichts passiert in dem eine
westerndampflok vor sich hin rostet & nur

wenn man hinhört *wahrheitsgetreu* dann
erlauscht man in flagranti die farben im

rost & wieder herrscht *(ausgangsverbot bis
mitternacht wegen)* verdunklungsgefahr

JAN KUHLBRODT

I

Nehmen wir an,

es sei Leipzig und hier ein Stadtteil
mit angrenzendem Dickicht;
dem größten Auwaldgebiet im Herzen Europas.

das schon Produkt früher Besiedlung
der Erlaubnis zur Entnahme von Holzbruch
aus der Landschaft zur eigenen Nutzung.

Wenn die Flut ausblieb, wurde zweimal im Jahr künstlich geflutet.
Staubecken voll Paddler, Reiher und Kajaks.
Motorbootfahrer mit Megaphon geben die Schläge vor.

Wer wollte angesichts der krautigen Ufer am Fluss von Gestade
sprechen? Zeitfluss und Zeitsaum. Wann etwas begann,
ist Hypothese. Olympioniken im Kanu.

Holzbruch, Schwemmgut, Nutzung, privat, Auwaldgebiet, Herz.
Worte wie Thesen, Worte wie Weichholz, Worte wie Worte

II

Er rührte an den Schlaf der Welt mit Worten, die Blitze waren
sie kamen auf Schienen und Flüssen daher, durch alle Länder gefahren.

Genesis, Kommunistische Variante. Beim Eintritt in die Literatur.
Haltbare Inschrift. Gefängniswand Tafel. Bechern mit Brecht.

Eisenbahnfortschritt. List entwarf eine Strecke
von Leipzig nach Dresden. Knotenpunkt, Mittelpunkt. Bahnsteigkarten
kannte ich nur aus Erzählungen und einem Leninzitat

Warum bitteschön sollte man eine Bahnsteigkarte kaufen,
wenn eine Revolution ohnehin ausbleibt?

Und wenn man in getönten Scheiben des Schnellzugs immer
nur das eigene Gesicht sieht, unter dem Fenster hinweggleiten.

Sprache folgt der Industrie. Holzplaster verschwindet
nur langsam. Hält sich in Gulliedeckeln wo Straße zitiert wird:

III

Zwischen Augsburg und München liegen wenige Kilometer. Zwei
Tage Fußmarsch für eine erschöpfte Armee, neben der Bahnstrecke

Ausgangspunkt: die Fuggerstadt beginnender Sozialbau, Handel
Wohnungen, so praktisch und übersichtlich wie Nomadenzelte

Wer aber wollte beim Zustand der Welt an Schlaf denken?
Wen man da rütteln musste, der war bereits tot.

Kein Auge zu öffnen und andere
gingen offenen Auges der Zukunft entgegen.

Kein Schlaf und der Alptraum kein Traum.
Transparenz von Bayern bis Sachsen.

IV

Wir zogen in diesen Stadtteil vor allem der Kinder wegen.
Eisvögel, Gimpel, Spaziergänger, hin und wieder ein Reh.

Im Frühjahr durchwabert Geruch wie Knoblauch die Straßen
Ein Knoblauchgeruch der dickblättrigen Kräutern entströmt.

Bärlauch, ach Bärlauch, klingt es ab Mai wie eine Verheißung
Bald werden sich Pflanzen ergeben und weiße Blüten hissen

dem Kräutersammler mit seinem Körben sich unterwerfen
Kennern des Essbaren und des Zeitpunkts problemlosen Genusses

Anarchisten auf Abwegen hundert Jahre zu spät? Eher nicht.
Gespräch zweier Frauen um die dreißig, Textilien im Haar

eingeflochten die Markennamen neuer Funktionsbekleidung:
Kennst du Bärlauchpesto? Bärlauch und Öl, das kenne ich, klar.

V

Was hier alles ein Herz hat! Die Stadt, die Nation, sogar dieser
Kontinent. Bombendurchpflügt über Jahre. Auf jeder Baustelle

und auch am Ort, wo das Herz ein Wald ist, findet man
Weltkriegsmunition. Blindgänger. Überbleibsel

zu deren Zerstörung Sprengmeister in kolossal klobigen Kostümen
wie ausgedacht und gefertigt in der Werkstatt des Bauhaus.

Textiles Gestalten. Ideen Schlemmers. Biomorph? Triadisch?
Zylinder und Kugel. Reinheit fernab natürlicher Referenz.

Die Umrisse gelöst in geometrische Formen, Kubus, Quadrat,
der Mensch sein eigenes Haus. Die Sprengkörper zu sprengen.

So etwas findest du nicht im Dschungel.
Auch nicht in der Wüste, my dear. Bombendynamik.

Zwischen den Bäumen in den Büschen Zangen und Zettel
Orientierungsläufer markieren hier übers Jahr am Kontrollpunkt

papierne Beweise ihres kurzen Daseins an vorgegebenen Orten.
Dann krauchen sie wieder ins Dickicht hinein und aus dem Gehölz.

VI

Wie bewegt man sich durch die Zeit, nicht in der Zeit? Orte,
vergangene Orte, nicht zu rekonstruieren. Orte, ganz ohne Gegenwart.
keine historische Gerechtigkeit, vielleicht
ist Gerechtigkeit gar nicht herstellbar, weil jeder Prozess,
der zu ihr führte auch in der Vergangenheit anzusiedeln,
wie jeder Urahn, der sich der gerechten Strafe, dem gemeinten
Zugriff entzieht. Verbirgt sich wie alle Geschichte hinter Geschichte.

IX

Wieder schieben sich Erzählungen von der Geschichte vor die Geschichte,
schieben sich übereinander, die Eisschollen auf Friedrichs Bild Eismeer
Verlorene Illusion. Berichte eines Vergangenen werden berichtigt.
Berüchtigt mancher Erzähler. Verstummt auch vergessen, vergessen
gemacht. Wieder zur Sprache gebracht.
Wieder vergessen. Innehalten ist Überleben,
Übergehen wenn der Halt keine Gegenwart
zeugt. Die Crux: Prozess und Gedanke.
Immer scheint Winter zu sein. Mit meinen heißen
Tränen. Noch immer kein Boden zu sehen.
Und Kafkas Axt? Konnte ich die vergessen,
da ich zu Fuß unterwegs bin auf dem gefrorenen Meer.
Allerhand. Ein Unbehagen, auch evoziert diesen Wunsch
nach Erlösung, und nicht nur nach Rettung großartiger Texte.
Die Bojen leuchten im Eis. Rotweiße Mützen
Vorstellung verbunden mit Biografie, verhaftet,
In Text erstarrt. Verwandelt, vereist,
die eigene, die eines andern. In seinem letzten Roman
schreibt Gaddis, dass Bernhard seine Texte schon
kopiert habe, bevor er selbst die Texte geschrieben.
Die Auflösung von Zeit, dass die Kopie dem Original
voraus geht. Oder war's so schon immer?

Krokusse, Schneeglöckchen, Buschwindröschen, Narzissen

KORNELIA KOEPSELL

Liebespaar mit Pudel im Park

Im Schatten hoher Bäume stehen Reste
vergangener Epochen, Amouretten
in Stein gehauen, spielerisch, zum Töten
nicht bereite Krieger, leicht verdrehte,

angeschmiegte, süße Aphroditen.
Und munter springt der Pudel um das Paar,
das zärtlich sich umarmend durch den Park
flaniert, und alles, alles ist Entzücken.

Gäb es nicht die Dämmerung, die heimlich
von hinten her das grüne Reich durchtränkt
mit einem faden Gelb. Schon ist das frisch

gewesene Gesicht der Braut verblüht.
Die Blätter krümmen sich, vom Tod versengt,
und durch die Zweige rauscht das alte Lied.

KORNELIA KOEPSELL

Ozymandias

Manches Leben könnte er noch retten.
Statt dessen sitzt er, müde und betrunken,
in einer Bar, die Augen eingesunken
im teigigen Gesicht. Nacht in Manhattan.

Das Universum läßt ihn kalt und wenn Sirenen
heulen, wenn die Flammen himmelwärts,
lodern, stolpert sein gestreßtes Herz.
Mit welchem Sinn will er die Welt versöhnen?

Nachtgestalten lauern, hoffnungslos,
auf die Gelegenheit zur Plünderung.
An alten Mythen ist Manhattan groß,

die in ihm verblassen. Seit den Tagen
der Superhelden tat er keinen Sprung
und kann kein Kind mehr auf den Armen tragen.

RALF THENIOR

Graubrotsehnsucht

Tausend Jahre im All
mit Kryopausen versteht sich
durch schwarze Löcher gebrettert
Begegnungen mit seltsamen Lebens-
formen Verstrickungen Verschlingungen
zersprengte Planeten riesige Brocken
fliegen um unser Raumschiff der Navigator
schwitzt mit knapper Not davon
und wieder Jahrzehnte cooles
Gleiten durch Raum und Zeit
und plötzlich beim Einnehmen
der Nahrungskapsel dieser unerwartete
unabweisbare Geschmack auf der Zunge
dies Bild vor dem geistigen Auge: nur
eine Scheibe Graubrot dünn mit Rama
dick mit Schmelzkäse das könnte die
Erfüllung sein das Maß der Glückseligkeit

THORSTEN KRÄMER

MIT DER ZEIT VERWANDELT SICH DIESES GEDICHT IN EINE
rostige Blechdose. Es liegt dann im Garten herum und
versucht sich zu erinnern: an Kindergeburtstage, besseres

Wetter und das Dröhnen der Grillen.

EVELYN SCHLAG

ballad of the shooting stars

meine sprache schoss in die höhe ohne
mich zu fragen. sie redete mir die worte
weg aus meinem mund. ein luftzug
im winkel den ich mit der zungenspitze

halten wollte. gib acht! rief ich ihr nach.
mach mir nichts kaputt! gleich ging es
los mit polka und pepita lärchen und lolita.
nicht lange und sie saß auf einer heißen

sommerbank, oh ja. und nicht allein. ein mann
den ich nicht kannte neben ihr. sie streckte
ihre beine aus beim selbstverliebten plänkeln.
kam ins kippen. dann wusste er auf anhieb

dass ihr bei dreißig grad dem wesen nach
im nacken kalt ist. ihr glitzerdeutsch ließ es
geschehen. und was war das? sie zeigte ihm
ihr fingerblut – »welch schönes blut du hast.«

ach der kann auch reden? »hast du schon
pläne für die morgenstunden des 13. august?
die perseiden sind im anmarsch. treffen wir
uns als sternschnuppen. *shooting stars.*«

dunkel. plötzliche finsternis mitten im tag.
das ganze schnuppern abgedreht. nur falsche
töne schneiten aus der nacht herunter. komm
zurück – du holst dir winteraugen in dem

phänomen. vielleicht beruhigt-bereut dich
das: die unbemannten sterne leuchten auch.

SÜNJE LEWEJOHANN

jona/

das universum, sagst du, ist
ein witz, es ist lächerlich.
und ich sage dann, mag sein, wer weiß.
und es ist mir ganz egal, denn ich trage einen sternengürtel,
jage fingerschnippend den donner durch die nacht.
himmel, die wolken so hell wie der tag der anderen.
als du sagtest, der sommer kommt, hast du nicht an den sommer gedacht.
der sommer ertrank im garten.
eine explosion der luft, strom, der über die meere raste.
klar, jona, du bleibst noch hier, kannst mit den fischen
spielen und deinen worten lauschen,
wie sie wandern von einer wand zur nächsten.
und es bleibt am schluss nichts als dein kleines
weltenende zwischen gräten und tran. bleibt ein
blauäugiges mädchen, bleibt die seidengraue dämmerung.

4. KAPITEL

Mein Liebchen, schlopst du?

Nachdichtungen

TRINIDAD GAN

Wörterbücher

Wenn wir uns mit Sprachen beschäftigen,
ziehen wir eine Mauer um uns, um Dunkles auszulöschen.
Wir bauen, aus Panik, Grenzen,
hinter denen das Leben mit seinen Lawinen liegt.

Aber wenn das Leben uns packt
mit seiner scharfen Kante,
seiner zerbrechlichen Schönheit,
wenn es zuckt oder zittert in unseren Lippen,
wie könnten wir dann an eine Mauer denken?

Era tu noche triste. Meine Nacht war Mutlosigkeit.
In einem Alphabet, das ich nicht kannte,
sprachst du zu mir, Fremder,
über vergangene Jahre: Sehnsucht und Literatur.

In einem kalten Regen erkannte ich
die gemeinsamen Wurzeln unserer Wörterbücher,
ich spürte, wie sie sich vermischten, und es glühte
ein Echo: die Einsamkeit zweier Stimmen
aufgehoben in ihrer Verbindung.

Aus dem Spanischen von Geraldine Gutiérrez-Wienken und Martina Weber

JULIA KASDORF

Wofür Sprachen da sind

Der blonde Sohn, der blauäugige Junge, nimmt mich mit nach Hause.
Ich bin dunkelhaarig und spreche kein Deutsch. Am Telefon,
auf *Plautdietsch*, erzählt seine Mutter Tante Margaret,
»schön ist sie nicht, aber hat schöne Augen«.

Stricknadeln klappern perfekte Maschen
als sie erzählt: Glasnost – das kennen wir
doch, und Hunger und Revolution,
ein Vermögen versunken im Ärmelkanal, eins verscharrt
in sibirischer Erde, als gingen wir jemals zurück.

Und die aus Moskau oder Berlin Zurückgeschickten,
kehrten zu nichts heim als zu den Stollen.
Ein paar sind noch dort und abends
kommen die Männer zusammen leise
Kirchenlieder zu singen auf Deutsch.

Sie erzählt von Hans, geboren in Sibirien
großgezogen mit Maniok und in Körben gefangenem Fisch,
ihr den Hof gemacht in Kanada –
Englisch und Portugiesisch, ja, aber
Plautdietsch ist die Sprache der Liebe
und der Hausarbeit.

Liebe ich ihren Sohn oder bete ich
für ihn, dann nur auf Englisch.
Die Dialekte haben sich von unseren Zungen gelöst
außer da, wo die Wörter haften an Essen
und Gefühlen, die das Englische nicht kennt:
schlopst du?
Mein Liebchen, schlopst du?

Aus dem Amerikanischen von Anna Förster und Bradley Schmidt

ALISTAIR NOON

Die Familie kennenlernen

Ich darf die Verwandten begrüßen:
Sie halten zum Neujahr die Ohren zugedeckt,
in ihren Stellungen, in den kleinen Hügeln,
als die Plauderfamilie anrückt.

Wir fahren zur Begutachtung raus, die Alten
wie Frühlingsrollen hinten reingequetscht.
Ihr Jungen an den Seiten des Kipplasters, haltet
Euch besser beim Schlagloch-Surfen fest.

Mit Vorrat für eine Stunde, als die nächsten,
kommen sie mit Knallern im leichten Wind,
um einen Himmelsplatz niederzumetzeln
und fünf Generationen vor Gericht zu bringen.

Geschafft. Die Pfade winden sich herauf
wie Drachen zu Euren Ahnenstätten.
Wir kennen weder Glück noch Trauer.
Lasst uns unsere Geldscheine verbrennen.

Der älteste Sohn hat den Bauernhof.
Der zweite, die Spedition, den Audi,
den Country and Western Klingelton.
Die Schwester, das unbestimmte Geschäft.
Du hast das punkige Schlagzeug.

Drittcousin. Meinerseits, aber ganz,
im Saal der Ähnlichkeiten, die Freuden
häufen sich auf Drehtischen. Vielen Dank!
Wir feiern gerne unter den Eisenbäumen:

Ich könnte wohl in die Erdbebenzone versinken,
das unverwandte Individuum im Erdloch.
Mich könnten sie in einigen Jahrhunderten finden:
Meine DNA vermischt mit den Hühnerknochen.

Aus dem Englischen übertragen vom Autor

MONICA FAMBROUGH

Mittelpunkt

Die so alt wie ich sind, tun sich mit Geld schwer
oder nicht.

Die so alt wie ich sind, sind krankenversichert
oder nicht.

Die so alt wie ich sind, sind besorgt wegen der Zukunft,
es sei denn, sie sind's nicht.

Sie »kaufen regional« ein oder tun es nicht.

Sie notieren sich ihren Spritverbrauch
oder tun es nicht.

Sie machen Kreuzfahrten zu den griechischen Inseln
oder sitzen zu Hause bei Sudokus.

Die so alt wie ich sind, wählen die Demokraten
oder sind Republikaner.
Manche sind bei den Grünen.

Am 4. Juli schießen sie Feuerwerk zum Himmel
oder tun es nicht.
Sie essen Fleisch oder sie essen kein Fleisch.
Sie lieben exklusiven Kaffee
oder sie können ihn sich nicht leisten
oder sie kriegen Sodbrennen davon.

Die so alt wie ich sind, servieren noch immer Kaffee
oder tun es nicht.

Die so alt wie ich sind, sind jung wie 25 und alt wie 40.

Wir sind stolz darauf, wie gut wir uns gehalten haben
oder sind es nicht.

Wir heiraten offensichtlich oder heimlich oder wir heiraten nicht
oder wir kämpfen für das Recht auf Heirat
oder tun es nicht.

Wir bekommen Babys oder bleiben kinderlos.
Wir adoptieren oder wir tun es nicht.
Wir brechen Schwangerschaften ab oder tun es nicht.

*

Ich trage Karten bei mir.

Ich bin eine Kartenträgerin.

Ich bin eine Passagierin.

Ich mag Fürsorge.

Ich habe Predigten parat.

Ich spreche für die Gruppe.

Ich verkneife mir Demografien.

Ich ziehe die Grenze.

Ich werde Gewicht verlieren.

Ich werde hart arbeiten,
damit wir kriegen, was wir wollen.

Nachts das Licht zu löschen
ohne dich zu stören,
will ich perfektionieren.

Ich bin die Gattin. Ich bin ein Reh,
ich bin eine Trophäe.

Ich bin für umsonst umtriebig.

Ich ernähre.

Und mache Babys.

Und Fürsorge.

Ich bin aufstehen und Pancakes machen.

Monica ist: Pancakes sind super.

Ich bin zuhören und loben.
Ich bin Sorge und Zoff.

Ich setze den Topf auf.
Ich rette den Tag.

Ich fahre oder nehme den Bus.

*

Wie teilt man am besten?

Wer ist verantwortlich für das Geld?

Unsere häuslichen Leben. Sind trist.
Es geht um Zauber oder nicht.

Ich hatte immer Bammel vor Feuerwerk.
Vor dem kleinsten Feuer.

Erinnerst du dich an die Kirche,
wie wir tanzten
und du das Bett zerbrachst?

Wir tranken zu viel
in dieser Nacht und tanzten
und stritten am Morgen,
wer nun das Bett zerbrochen hatte.

Das warst du.

Die besten Zeiten sind immer
auch ein Echo von Disputen.

Aus dem Amerikanischen von Ron Winkler

BELA CHEKURISHVILI

Wir, die Apfelbäume

Wir, die Apfelbäume, blühen keineswegs,
Weil wir denken könnten, dass bald einer kommt,
Der einige von unsern Zweigen bricht
Und einen Blumenkranz aus unsern Blüten flicht,
Im Gras herumliegt und ein Selbstporträt mit
Apfelblüte schießt – dafür blühen wir nicht.
Unsere rosa Blütezeit hat einen Namen:
Sie ist der Wunsch des kleinen Jungen,
Der unsere grünen sauren Früchte salzt,
So dass sie zwischen seinen Zähnen knistern.

Wir, die Apfelbäume, lassen keineswegs
Die Äste hängen, weil wir weinen müssten,
Und sind nicht etwa schwer beladen,
Um andern Vorwürfe zu machen – dafür reifen wir nicht –,
Oder Dichtern Vorwände zu liefern
Für noch ein jammerndes Gedicht,
Weil das Leben auf der Erde einfach so vergeblich ist.
Unsre Reifezeit hat einen Namen: die Phantasie
Der jungen Paare, die sie beim Pflücken frösteln lässt
Und sie vor Wärmeschauer in die Betten treibt.
Der süße Duft lässt uns, die Apfelbäume, nie allein
Vom Knospen bis zum Blätterfall
Gott weiß genau: Wenn wir uns vor dem Winter nackig machen,
Dann schämen wir uns nicht einmal
Für diese fabelhafte Mythenschande.

Unsere Blößezeit hat einen Namen: Sie ist
Das Ofenmärchen einer alten Frau, für die
Ein Bratapfel das Schönste ist in der weiß verschneiten Zeit
Und die Maler stellen dies so dar,
Dass das Alter und die Einsamkeit
Hinter diesem Bild verschwinden.

Aus dem Georgischen von Norbert Hummelt

DIANE SEUSS

Ich fuhr in die Innenstadt und fuhr

auf den *Wir-kaufen-Altgold*-Kerl ab. Ich habe eine Schwäche
für abgefuckte Straßenhändler in Affenkostümen.
Vor ihm liebte ich das Mädchen, das vor Cäsars Pizza

das *Zwei-zum-Preis-von-Einem*-Schild schwang.
Tragisches Leben und lange Strähnchen.
Sie war gespenstisch, die Art, wie sie winkte

in das Rauschen des Verkehrs. Dann der Geburtstagsclown.
Nichts ist erbärmlicher als sich eine rote Gummi-
Nase auf die Nase zu klemmen für Geld.

Selber war ich an der Kasse im Fetisch-Laden, habe Schoko-Pampe
angerührt im Ferienpark, spielte Spidora in der Geisterbahn,
mein Kopf guckte aus dem Giftdrüsenkranz

eines Tarantelkostüms. Schrieb
Groschenromane. Bekam eine Mark, einmal,
für einen pornographischen Haiku. Habe die Riesenrutsche

gewachst. Wischte das Jukebox-Glas, schob Dienst
an der Schießbude. Toilettenfrau in der Zuckerfabrik,
was einmal hieß, den Hochzeitsring

aus der Schüssel zu fischen. Das Beste war
Samen von der Wand zu putzen in der Peepshow
und Trixies Tanga zu waschen.

Manche von uns ziehen sich mit den Nägeln nach unten,
transzendieren abwärts. Dort, auf der Nabe
des Abfluss, wirbeln wir.

Aus dem Amerikanischen von Franz Hofner

G. C. WALDREP

Körper, von Kerzen beleuchtet

Unser Job im Hangar
war es also, jeden einzelnen der Körper hoch
in ein helles Licht zu halten, um zu sehen,

ob noch irgendwelche anderen
Körper darin waren.

Tagein, tagaus
hievten wir die Körper
aus dem Sägemehl der Kisten.

Wenn der Strom nicht schwankte,
setzten wir
eine Starkstromlampe ein.
Wenn aber doch, dann
mussten wir große Feuer machen

und uns mit Lupen helfen.

Meistens sahen wir rein
gar nichts. Manchmal
dachten wir, tief in dem
Körper, den wir uns besahen,
einen anderen zu sehen.

Man konnte sich kaum sicher sein.

Ich weiß noch,
wie die Taschenlampe, die ich als Kind
zum Lesen mit ins Bett nahm,
das Geäder meiner Hand kartographierte.

Es war ein bisschen so.

Wenn wir sahen
oder zu sehen glaubten,
dass ein Körper im Inneren
eines anderen Körpers war, legten wir
ihn auf einen extra Haufen.

In der Nacht kam jemand,
jede Nacht,
und schaffte alle Körper fort.

Aus dem Amerikanischen von Ron Winkler

ALEXANDER GUMZ

ausgewähltes ambiente

x-mal durch ein tal gefahren. schlagweiten,
gründlich, einen weißen bogen lang.

nichts entsteht aus diesem rauschen als gemeinwesen.
lauschen aufs agrargebiet. träumender körper: ich.

ein kreischen, reingeblendet, fix ersetzt
durch analysen. dunkel daliegendes zeug.

singt der fernseher: wir sind macher,
schotten aus der siebten umlaufbahn.

im sekundentakt ballern wir durch die verbaute luft.
was sucht die krüpplige gottheit da hinten in der ecke?

sie züchtet einen parkplatz für delphine,
was zum handeln. scheißegal.

improvisation über die trackliste von aphex twin – selected ambient works 85–92 (1992)

ALEXANDER GUMZ

königreich 0:49

kleine erzengel, durch dämmerung geditscht.
so klingts, wenn man schlager schreibt

mit fasern, scharf, in einen hallraum.
dreckige hardware, gespenster.

klammern und stecker spürst du im rücken
jeden bekloppten tag.

in deiner kopfplatte ratterts endorphin.
und die mission geht weiter.

bei mcdonalds schlägst du auf, zwei uhr nachts,
ohne frau, ohne garage, ohne gewehr:

sehr, sehr unwahr. ein knistern zu löchriger stunde.
ein asyl für hunde. eine schüssel licht.

improvisation über die trackliste von burial – untrue (2007)

JURIJ KHĚŽKA

Das grüne Gej

Bar erotischer Ansinnen,
dieser unsteten Ärgernisse,
liebe ich ganz für mich dich,
Buchstabe Gej, liebe das Deine:
das Grün der Gewänder junger Birken,
das Grün der Untiefen,
Kirchtürme,
Länder,
der nie geschauten Schönheiten.

Wie das aus allen Himmeln quillt,
ein Paradiesenes,
wie es summt,
leise gurrt: grüne Gnade –
grünes Gej.

Aus dem Sorbischen von Róža Domašcyna

5. KAPITEL

Löcher im Licht

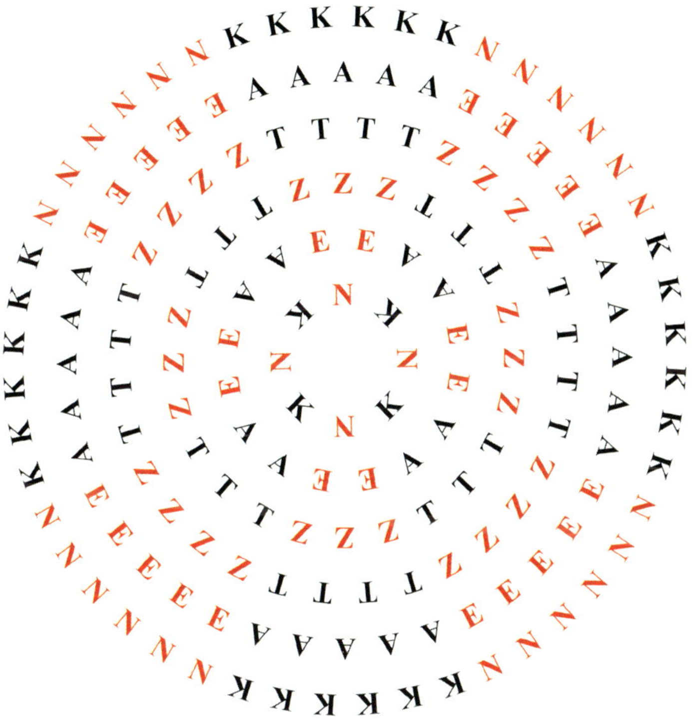

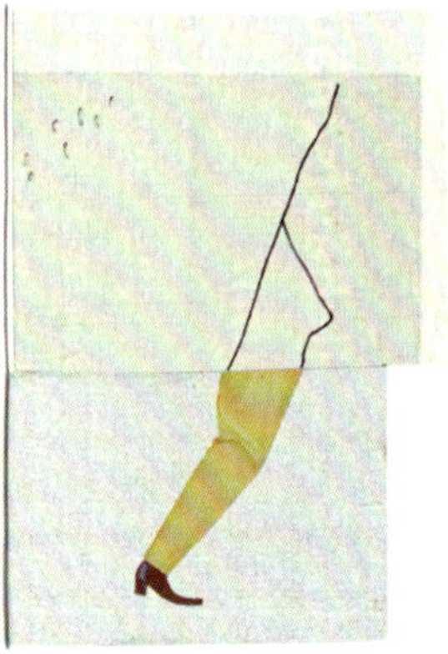

Anton erzählt
im Krieg war
der Koch auch
Truppenunterhalter und machte
EINE ART Dorfmusik für
sein Publikum in der Todesangst
blieb diese Mischung AUS
MONDFROST schwarzen
Krallen und Zitronenfalter

DIE große Melancholie
ist wie EIN Kirschkern aus
Blei DIE mittlere WIE
EIN trinkendes TIER die
Kleine wächst wie EIN
Gebäude in MIR

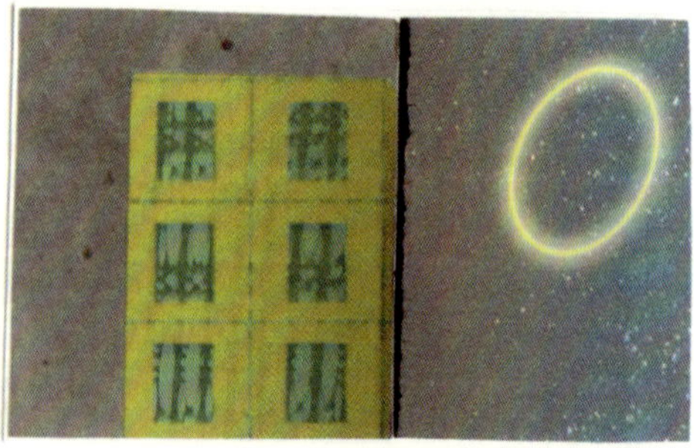

Jeder MOMENT
balanciert EINE Weile
zuerst verschwinden DIE
dokumentarischen TEILE

Paulus Böhmer

Frauen sind Löcher im Licht.

Bitte, gesamten Text zentriert setzen, also: auf Mittelachse

Feuer ist, aus der Ferne betrachtet,
eine unstete, eitle Erscheinung

– wie etwa die Hirnforschung, wie etwa der schon

seit Urzeiten vor sich hinkränkelnde Forint, ein
Hysteriker,
wie die Erdbevölkerung, wie
das Verlangen nach Wurmwärme und Weh.
Aus der Nähe betrachtet, ist Feuer

nichts anderes als ein Abzweig des Wassers,

dessen Anblick ~~den~~ Menschen bis zur Unerträglichkeit + die
traurig macht

– denkt nur an Renoirs späte, purpurne Akte,

aufgepumpt, an der eigenen Überblutung erstickend,
denkt nur

an die Telephonnummer, die ihr, mehr als ein halbes
Leben lang,

mit euch herumgetragen und niemals benutzt habt,
denkt daran:

Zum Wasser will alles.

In Sturzbächen schießt aus den Sterbenden

alles Leben, frühmorgens,

→

als wär' die Erdbevölkerung schon ausgestorben,
frühmorgens,

als schlüg' ein viel zu großes Herz im Embryo,

frühmorgens, als meine Mutter noch ein Kanister war,

undicht und eitel
und abgeschabt,
und doch unterscheiden wir
zwischen den Tränen des Mannes und den Tränen der
der Frau

und dem Grund für die Tränen. (In Wahrheit

hat das eine mit dem anderen nichts zu tun.)

Zum Wasser, zum Wasser will alles.

In einem fernen Land hockt ein Mädchen im Staub,
fällt in Langsamkeit – Unlangsamkeit,
zurück in Erde, Fett und Fäkalien.
Ist nicht der einzige Beweis für Bewegung Bewegung?

(Mitten in der Nacht)

wird die Tür eingetreten. Soldaten,

im Aberglauben, es gebe ein höchstes Wesen, stürzen
wie Wasser herein, behaupten, das höchste Wesen

( ) (keine Frazeile)

sei eine Einheit wie Wasser und wie Wasser vernichte
es jedes »Vielleicht«.

→

Zwei Königskinder, die das Leben nur

aus Büchern kennengelernt haben, probieren ein sehr

frühes Selbst:

sie kriechen in Bienenkörbe.

Eine Königin lutscht des Königs Gürtel:

Ich bringe mich zehnmal mehr um als Du.

Ich denke an Kälberzungen,
an Sturzbäche, die mich verlassen,
an Backfett, Glamrock, Etc,
In Flandern reitet der Tod.

Was buchstabieren die Schwalben?

»Ich werde einer gewesen sein«, singt Dylan, Bob.

Und dann wäre da noch ein kleines, schmutziges Rosa, nach,

bald wird's keines mehr sein.

"Jeder Halbsatz ist schon zuviel",
sagt der blutjunger Leutnant und schießt.
Mick Jagger zeigt das bei allen Vasallen übliche,

hochmütige Verhalten gegenüber dem einfallenden

Licht. So.

Frazeile →

Als Wasserkopf die Schwerkraft entdeckte, war ihm,
als hätte er zum erstenmal eine Spur Gottes entdeckt.

In Flandern reitet der Tod.
~~Jeder Halbsatz ist nicht zuviel.~~
Frauen sind Löcher im Licht.

THOMAS HAVLIK

Sprachkurse

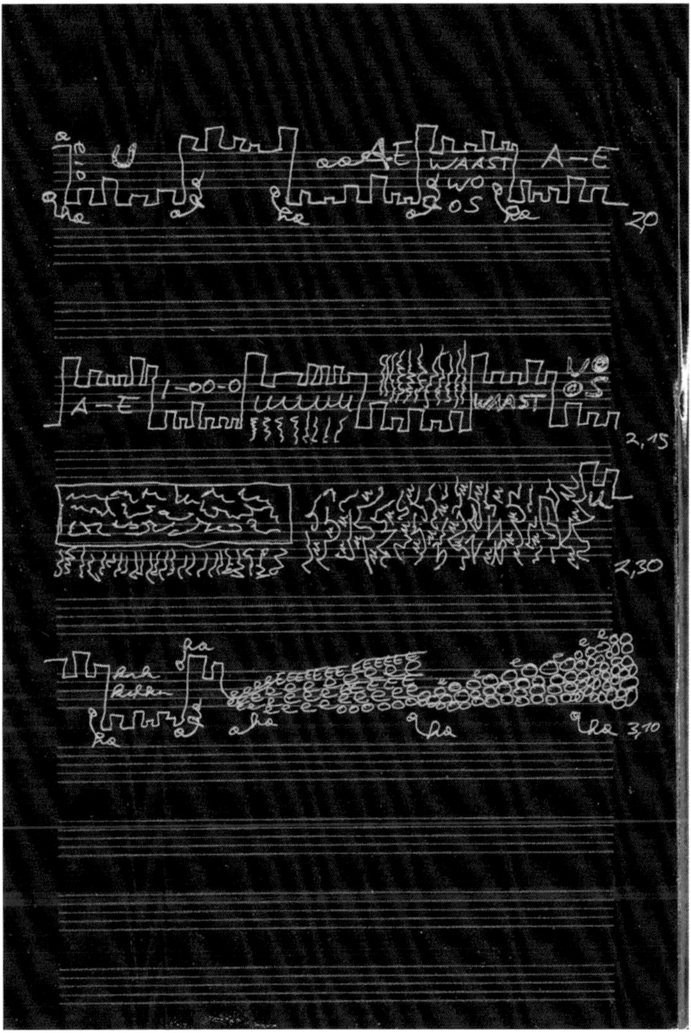

Friederike Mayröcker :

ins lichtblaue nämlich mit zärtlichen Schwalben, die
verwelkten Rosenbüsche auf der Kommode im Flur   hi!
ein Rittersporn wirbelt in die italità, Mützchen
v.fury, bin so im diamond. Ein wenig ich meine süsz ver-
beult der Vollmond v.gestern dein symphonischer Atem, die
Anmut v.Sprache, auch grüne Bühel am Horizont usw., Wâld-
chen im Herzen, damals mit den Eltern Füsze im Wiesenhang :
blau v.Hundsveilchen also zum Kahlenberg, indessen emigrierter
Russe mit Federhut = Verkäufer der Stadtzeitung vor dem
Supermarkt. "Bin liberaler Ästhet" so JD in "GLAS" Seite 242,
Finkenschlag. Schlief über die Maszen, Esterházy gestorben,
wir schreiben den Lilienmonat 2o16, die Weltseele kopfunter,

(21.7.2o16)

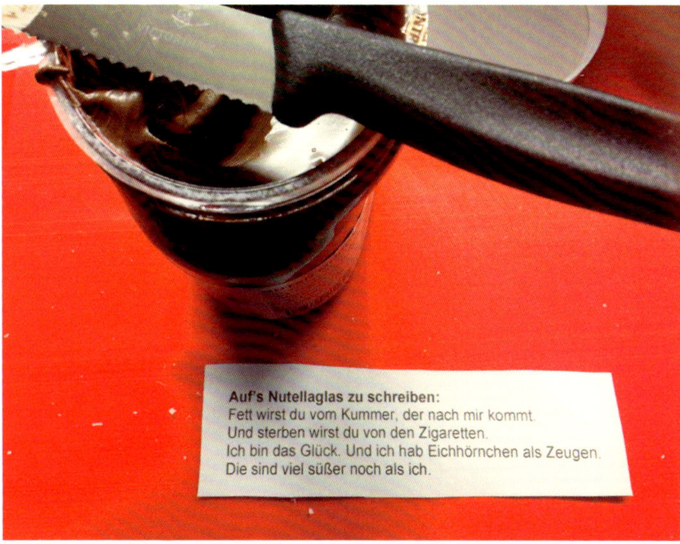
Auf's Nutellaglas zu schreiben:
Fett wirst du vom Kummer, der nach mir kommt.
Und sterben wirst du von den Zigaretten.
Ich bin das Glück. Und ich hab Eichhörnchen als Zeugen.
Die sind viel süßer noch als ich.

LYDIA DAHER

Die Bilder sind immer schon
vor uns da. Bilder von Straßen
und fliegenden Samen.
Von Lippenblütlern, Leihwagen,
Rastplätzen. Von Früchten in
knittrigen Tüten. Auch Bilder
von Krankenwagen, von
Amüsiervierteln, Fehlbauten,
Frühstücksräumen. Von Vögeln
an Gittern, hundertäugig.
Auch Bilder von Betten,
Schildern, Schienen, Steinen
und den blauen Flammen der
Fabriken, ihrem trägen
Verschwinden nach Werk-
schluss. Bilder von Bildern
und sagen wir:

Berührungsbilder.
Bemühungsbilder.
Von uns unter
elektrischen Uhren,
Standbildern.
Enge Räume und
Insektenbilder.
Wie Bühnen:

die Bilder.
Wie Birken.
Wie Blitze.

trennbar ist – die nacht – kam einmal – zog den vorhang nieder – war am dunklen ende – angebracht – ein zipfelhaar – in dem das licht – »ist sie verrückt herr?« – (niederbrechen) – und mit letzter – ohne eile – kraft – ein schwarzes sanft – ein haus am kopf – der mutter wuchs – nach einer stunde – wachte auf – der mond am zungendunkel – schwieg sich aus – vanillekipfel backen kann –

weiß der bob noch – wer ihn schnitt – das liebe blackbox kind – wars nicht – hat eine stimme blitz – es singt – wo eine subjekt objekt schnur – sich schlingt – um stunden – und sich schnurrt – personen – und die dinge – an – wie oft – off off – ein einziges halb sieben ringen – ein ganz liebes ding – im ohr – und wen – verbinden kann – »warum bist du« – wird deine form gebildet – wie – wer ordnet – diese runden – ihrer eigenen – endung zu –

AberDieRückwärtsbewegungen
bAberDieRückwärtsbewegunge
ebAberDieRückwärtsbewegung
rebAberDieRückwärtsbewegun
DrebAberDieRückwärtsbewegu
iDrebAberDieRückwärtsbeweg
eiDrebAberDieRückwärtsbewe
ReiDrebAberDieRückwärtsbew
üReiDrebAberDieRückwärtsbe
cüReiDrebAberDieRückwärtsb
kcüReiDrebAberDieRückwärts
wkcüReiDrebAberDieRückwärt
äwkcüReiDrebAberDieRückwär
räwkcüReiDrebAberDieRückwä
träwkcüReiDrebAberDieRückw
sträwkcüReiDrebAberDieRück
bsträwkcüReiDrebAberDieRüc
ebsträwkcüReiDrebAberDieRü
websträwkcüReiDrebAberDieR
ewebsträwkcüReiDrebAberDie
gewebsträwkcüReiDrebAberDi
ugewebsträwkcüReiDrebAberD
nugewebsträwkcüReiDrebAber
gnugewebsträwkcüReiDrebAbe
egnugewebsträwkcüReiDrebAb
negnugewebsträwkcüReiDrebA

Zwei Nachbemerkungen

Ulrike Almut Sandig

Cumulus

Als ich erfuhr, dass Christoph Buchwald mich gern als Mitherausgeberin für das einunddreißigste Jahrbuch der Lyrik an seiner Seite wüsste, fiel mir als erstes dieser Verriss vom Juli 2015 wieder ein. Auf ZEIT Online hatte eine Journalistin mit wenigen Argumenten den dreißigsten Band in Grund und Boden gestampft. Das erste von ihr als besonders einfältig hervorgehobene Gedicht stammt von mir. Und nun sollte ich meinen Kopf für die nächste Ausgabe dieser für tot oder zumindest für lebensunfähig erklärten Reihe herhalten? Na, herzlichen Dank.

Aber auch wenn ich mir fast sicher bin, dass der ständige Herausgeber die vernichtenden Worte der Rezensentin nicht im Hinterkopf hatte, als er den Verleger Klaus Schöffling anrief, um nach mir zu fragen, bin ich vielleicht gerade aus dieser gescholtenen Position heraus geeignet, einen Blick auf die aktuelle Lyrikproduktion zu werten – nein stopp, zu werfen! Denn wenn etwas nicht zu dieser in deutscher Sprache dichtenden »Cloud« passt, dann ist es das Werten an sich, das Auflisten bester Gedichtbände, das schwarzweiße Schachspiel von Hopp oder Topp, Gut oder Schlecht, Raus oder Rein in die Welt der Must-reads und Must-buys.

Dennoch gehört es zum Wesen einer Anthologie, dass eben doch gewertet werden muss, um eine Auswahl zu treffen. Unnötig zu betonen, dass ich – wie meine Vorgänger und Vorgängerinnen auch – einige Freunde und von mir bewunderte Vorbilder enttäuscht habe, deren Gedichte keine Aufnahme fanden. Aber ist es nicht ein Beleg für die hohe Qualität der jüngsten deutschen Dichtung, dass sich in den Bewerbungen zu dieser Anthologie eine ungleich höhere Zahl an begeisternden, schönen, verstörenden Gedichten befand, als je in ihr Platz gefunden hätten? Ja, in deutscher Sprache wird viel und gut gedichtet, unter vollem Einsatz der körperlichen, intellektuellen und emotionalen Kräfte. Natürlich gab es unter den Einsendungen auch jede Menge Eitelkeiten, verirrte Formate und schiefe Akkorde, aber selbst hier will ich rufen: Leute, macht auch damit weiter! Schreibt eure Gedichte, wie es euch gefällt! Schreibt sie unter vollem Körpereinsatz und ohne Rücksicht auf Verluste! In diesem Geist entstand auch die hier vorliegende Auswahl. Ich jedenfalls habe zwei geschlagene Monate damit verbracht, jedes der über 5000 Gedichte mehrmals zu lesen, und damit meine ich wirklich: jedes einzelne Gedicht. Zwei Monate Ausnahmezustand, mit steifem Hals und ohne nennenswerten Schlaf. Am Ende hatte ich eine beachtliche Cumuluswolke an bekannten und unbekannten Namen beisammen, die ich auf andere Weise leicht übersehen hätte.

Also Schluss mit den Beschwerden übers schlechte Dichterwetter! Nie ging es der deutschsprachigen Lyrik besser als in diesen ersten Jahrzehnten des zweiten Jahrtausends, denn allen Beerdigungsgesängen zum Trotz ist der Anteil der lesefähigen Bevölkerung höher als je zuvor in der Geschichte der deutschspachigen Literatur. Und wer am Ende eines langen Tages die Augen nicht mehr offenhalten kann, hat noch vier andere Sinne am Leib, denn das Gedicht verfügt über eine zu vielschichtige Tradition, um sich auf Buchpublikationen zu beschränken. Schluss mit den Klagerufen, Gedichtbände würden zu wenig gekauft! Das Buch ist doch nur eine von vielen Ausdrucksformen des Gedichtes.

Schaut man sich die deutschsprachige Lyrikszene an, fällt die Tendenz zu genreübergreifendem Arbeiten auf. Da wird choreografiert und collagiert, nachgedichtet und getanzt, vertont und verfilmt, gepostet, performt und heiß diskutiert oder einfach still gelesen – es scheint, als sei das Gedicht in einer Gegenwart angekommen, welche die historischen Dimensionen dieser ältesten Literaturform in sich vereint und selbstbewusst aus einer Nische heraus agiert, die vor allem eines ist: unabhängig von jedem Markt, weil schwer verkäuflich. Und wenn Verlag und Autor schon mehr schlecht als recht von ihren Veröffentlichungen leben können, warum nicht einfach ein paar Utopien umsetzen? Schöne Bücher und außergewöhnliche Gedichte, in allen möglichen und unmöglichen Formaten, her damit!

Aber eine Anthologie, die diese Artenvielfalt adäquat abbilden wollte, wäre zum Scheitern verurteilt. Um wenigstens einen kleinen Ausblick zu bieten, haben wir diesem Jahrbuch erstmals ein Kapitel beigegeben, das unter dem Titel »Löcher im Licht« (Paulus Böhmer) Gedichte versammelt, die einen deutlichen visuellen Charakter haben. Stellvertretend mag es für alle anderen Wolkenformationen stehen, mit denen sich das Gedicht in funkenschlagendem Austausch befindet. Alle anderen Gedichte haben wir in vier Kapiteln zusammengefasst. Der geneigten Leserschaft sei überlassen, diese Einteilung nachzuvollziehen oder gedanklich neu zu ordnen.

Das Kapitel »weithin sichtbar: körper« (Lea Schneider) trägt einer Tendenz der jüngsten deutschsprachigen Dichtung Rechnung, in einer Zeit sozialer und ethischer Neustrukturierung den Blick auf den Mikrokosmos zu schärfen, um darin Muster aufzudecken, die auch das gesellschaftliche Miteinander prägen. Darauf folgt das Kapitel »völkerball« (Dagmara Kraus) mit Gedichten im Makrokosmos Globus und allem, was sich auf ihm bewegt. Besonders dankbar bin ich für das Kapitel »denn ich trage einen sternengürtel« (Sünje Lewejohann), welches Gedichte versammelt, die sich mit sprachlichen und gedanklichen Utopien beschäftigen, oft mit beglückend hohem Risikofaktor, immer aber mit einem Streulicht in die Bildwelt der Science Fiction. Ergänzt werden diese frei flottierenden Sammlungen durch ein Kapitel mit Übertragungen fremdsprachiger Dichtung ins Deutsche. Wir führen damit eine 2013 von Jan Wagner eingeführte Tradition fort, die belegen mag, in welch intensivem Austausch deutsche Lyrik mit den Dichtungen anderer Sprachen steht, und mehr noch: dass sie ohne einen Blick über den monolinguistischen Horizont hinaus nicht denkbar ist.

Alle Kapitel beinhalten nicht wenige Texte, die sich mit den jüngsten Fluchtbewegungen und rechtspopulistischen Strömungen Europas beschäftigen. Es wird wieder politisch gedichtet, aber unter neuen Vorzeichen: Die Dichter und Dichterinnen dieses Bandes versuchen gar nicht erst, es besser zu wissen als ihre Leserschaft. Es ist ein Schreiben auf Augenhöhe, und vielleicht ist es genau diese längst überfällige Emanzipation vom Geniedenken vergangener Epochen, die ein politisches Sprechen im Gedicht wieder möglich macht.

Das nenne ich ein einunddreißigstes Jahrbuch der Lyrik, auf das die eingangs erwähnte Rezensentin gewartet haben dürfte! Wir danken der Lettrétage Berlin für die Bereitstellung eines Raumes zur finalen Auswahl der Texte sowie Lea Petrenz für die nimmermüde Unterstützung von Seiten des Verlages Schöffling & Co. Und nun zu Ihnen, geneigte Leserschaft, denn ohne Sie ergibt dieses ganze Jahrbuch keinen Sinn. Blättern Sie vor und zurück, stellen Sie gegeneinander, sprechen Sie laut, denken Sie mit, schreiben Sie rein, schreiben Sie weiter. Seien Sie Teil dieser stetig sich verändernden Wolkenformation.

CHRISTOPH BUCHWALD

Elf pragmatische Fragen

Wie kommen Sie an die Gedichte für das jeweils neue Lyrikjahrbuch?

Dank des inzwischen beträchtlichen Adressenbestandes können wir diejenigen, deren Gedichte im digitalen Zeitalter im Jahrbuch der Lyrik standen, fürs jeweils nächste Jahrbuch um Gedichte bitten. Darüber hinaus findet sich die Einladung zum folgenden Jahrbuch auf verschiedenen Websites, neben der des Verlages z. B. bei www.lyrikline.org und diversen Literatur-Sites.

Jeder Lyriker, jede Lyrikerin kann mehrere Gedichte einreichen. Die Einsendungen sind zahlreich. Können Sie in etwa sagen, wie viele?

Uns gehen digital ca. 580 Einsendungen, also etwa 5000 Gedichte zu. Der Postbote und die Manuskriptkopierer früherer Zeiten atmen hörbar auf. Nicht digitalisierte Dichter wie Friederike Mayröcker, Anne Dorn und Günter Herburger seufzen, haben aber dankenswerter Weise immer einen Weg zum Jahrbuch gefunden.

Wie muss man sich das ganz pragmatisch vorstellen: Sie stehen beide in einem Berg aus Ausdrucken und lesen sich einfach durch?

Der Berg ist inzwischen eine platzsparende digitale Mappe. Ich habe einmal hochgerechnet, wie hoch nach inzwischen 31 Jahrbüchern der ausgedruckte Stapel sein müsste: sechs Stockwerke (Neubau).

Haben Sie die Einsendungen vorher aufgeteilt?

Nein, jeder liest alles!

Was sind die Kriterien, nach denen Sie auswählen?

Das kann man in der Kürze fast nur in Klischees bzw. mit Schlagworten beantworten. 1. Formbewusstsein; 2. im Gedicht sollte mehr stehen, als die dazu verwendeten Wörter bezeichnen; 3. Kenntnis der Tradition; 4. Erkenntnisgewinn; 5. Sprach*bewusstsein.*

Inwiefern geht es beim Jahrbuch um Kanonbildung?

Das ist für das *Jahrbuch der Lyrik* kein Auswahlkriterium. Wenn's gut geht, zählen dereinst andere zum Kanon, was in grauer Vorzeit zum ersten Mal im Jahrbuch stand. Wer sich die älteren Jahrgänge des Jahrbuchs hernimmt, wird feststellen: Es sind erstaunlich viele, die im Jahrbuch debütiert und sich dann einen Namen gemacht haben.

Inwiefern spiegelt das Jahrbuch den Zeitgeist oder aktuelle politische, kulturelle oder philosophische Strömungen und Tendenzen?

Lyrik ist (wenn sie was taugt) immer auch ein Seismograph, der Zeitströmungen und vorherrschende Gefühlstemperaturen anzeigt. Das heißt nicht notwendigerweise, dass Lyrik unmittelbar auf politische Ereignisse reagiert oder diese kommentiert (was vielfach nur in Zeilen gebrochene Ideologiekritik produziert und meist weder als Predigt noch als Gedicht was taugt.)

Können Sie zu Tendenzen etwas sagen? Themen oder Formen, die die aktuelle Szene besonders umtreiben?

Beliebte Frage, schwer konkret zu beantworten. Glaubwürdig sind für die Autoren allenfalls die eigenen Wahrnehmungen, die Erfahrung von Welt, gefiltert durch das ganz persönliche Sensorium. Politik, Reaktion auf Zeit und Gesellschaft verlagert sich teilweise in Zukunftsbilder (siehe das 3. Kapitel »denn ich trage sternengürtel«), teilweise in Körperempfindungen und Alltagserfahrungen (siehe das 1. Kapitel »weithin sichtbar: körper«).

Sie sind unermüdlich: Trotz der vielen Verlagswechsel (Claassen, Luchterhand, C.H.Beck, S. Fischer, DVA und jetzt Schöffling & Co.) haben Sie nie aufgegeben. War das nicht anstrengend?

Kommentar von dem früheren Mitherausgeber Thomas Rosenlöcher in seinem Nachwort: »Schlimmer als Kies schaufeln!« – Aber nun die gute Nachricht: Man entdeckt mit jedem Jahrbuch wieder nie gehörte Stimmen, erstaunliche Einsichten, rhetorische Saltos oder Zeit- und Epochenbilder von Format. Das hat eine immer wieder geistdurchblutende Wirkung. Meine Oma sagte: und man wird nicht dümmer davon.

Gibt es Tendenzen, Veränderungen in der Lyrik, die Ihnen seit der Gründung des Jahrbuchs aufgefallen sind?

Beim ersten *Jahrbuch der Lyrik* (Claassen, 1979) war vieles noch sehr (schlicht) politisch und belehrend. In den späten 80er Jahren dann waren alle politischen Utopien bis auf die Knochen diskreditiert und das Gedicht vor allem ego-zentriert (»Selbsterfahrungstexte« hießen die damals, oh je). Inzwischen versucht das Gedicht, eine Mitte zwischen Gesellschaft und Ich zu finden, und umkreist die vielen nebeneinander möglichen Lebensentwürfe und Weltauffassungen.

Gibt es etwas, auf das Sie mit Blick auf die Gegenwartslyrik abschließend hinweisen möchten?

Lyrik ist nicht »schwer« oder »schwierig« oder »Geschmackssache«, sondern zuallererst Handwerk; wenn sie was taugt, formuliert sie Dinge, die wir so nicht auf den Begriff oder ins Bild bringen, nicht so konzise ausdrücken konnten. Wer wissen will, wie es um den derzeitigen mentalen Wasserstand im deutschen Sprachraum bestellt ist, sollte das *Jahrbuch der Lyrik* regelmäßig lesen. Welche Bilder von Geschichte, Gegenwart, Zukunft, Welt, Umwelt, Körper und Geist werden da entworfen? Welche Ideen von Glück, Leben und Gesellschaft treiben uns um? Wie und wohin haben sich die in den fast vierzig Jahren, die es das Jahrbuch jetzt gibt, verändert?

Dass der Verleger Klaus Schöffling von sich aus Interesse am Jahrbuch der Lyrik bekundet hat und es nun verlegt, bestätigt aufs

Schönste, warum er 2016 zum Verleger des Jahres gewählt wurde. Die Herausgeber danken zudem »unserer« Lektorin Lea Petrenz für wachen Blick, Sorgfalt und freundliche Geduld und Carolina López für ihre pragmatischen Fragen. Einen großen Dank auch an die Compagñera dieses 31. Jahrbuchs, Ulrike Almut Sandig. Sie hat nicht nur mir bis dahin unbekannte Lyriker und Lyrikerinnen eingeladen, sondern mich auch auf Eigenheiten und Qualitäten in Gedichten hingewiesen, die mir bei der ersten Lektüre entgangen waren.

AUTOREN, GEDICHTBÄNDE

Soweit nicht anders angegeben, liegen die Rechte bei den Autoren.

Adams, Simone Regina, * 1967, lebt in Freiburg/Breisgau. Zuletzt: *Die Halbruhigen*, Aufbau Verlag 2013; *Glück*, Klöpfer und Meyer Verlag 2015.

Altmann, Andreas, * 1963, lebt in Berlin. Zuletzt: *Die lichten Lieder der Bäume liegen im Gras und scheinen nur so*, Poetenladen 2014; *Poesiealbum 324*, Märkischer Verlag 2016.

Anselm, Doris, * 1981, lebt in Berlin. Zuletzt: *und in dem Moment holt meine Liebe zum Gegenschlag aus*, Luchterhand Literaturverlag 2017.

Bail, Ulrike, * 1960, lebt in Luxemburg. Zuletzt: *sterbezettel*, edition offenes feld 2016; *die empfindlichkeit der libelle*, Editions Phi 2017.

Bayer, Anja, * 1971, lebt in München. Zuletzt: *ungewusstes Fell*, gutleut verlag 2016.

Becker, Maja-Maria, * 1976, lebt in Leipzig. Zuletzt: *im schwerefeld des mondes*, hochroth Verlag 2013.

Berger, Timo, * 1974, lebt in Berlin. Zuletzt: *Der Süden*, parasiten presse 2014; *Mitlesebuch Nr. 112*, Aphaia Verlag 2015.

Böhme, Thomas, * 1955, lebt in Leipzig. Zuletzt: *Heikles Handwerk*, Poetenladen 2010; *Abdruck im Niemandswo*, ebd. 2016.

Böhmer, Paulus, * 1936, lebt in Frankfurt am Main. Zuletzt: *Zum Wasser will alles Wasser will weg.* Engstler 2014; *Wer ich bin*, Edition Faust 2014.

Bonné, Mirko, * 1965, lebt in Hamburg. Zuletzt: *Die Republik der Silberfische*, Schöffling & Co. 2008, *Traklpark*, ebd. 2012.

Breidenich, Markus, * 1972, lebt in München. Zuletzt: *Am Milchstraßenrand*, Lyrikedition 2000 im Allitera Verlag 2010; *Anemonenbesuch*, Lyrikedition 2000 im Allitera Verlag 2015.

Breyger, Yevgeniy, * 1989, lebt in Frankfurt am Main. Zuletzt: *flüchtige monde*, kookbooks 2016.

Brôcan, Jürgen, * 1965, lebt in Dortmund. Zuletzt: *Holzäpfel*, Edition Rugerup 2015; *Schädelflüchter*, Horlemann 2015.

Brunner, Helwig, * 1967, lebt in Graz. Zuletzt: *Die Sicht der Dinge*, edition keiper 2012; *Denkmal für Schnee*, Verlag Berger 2015.

Büch, Thomas, * 1974, lebt in Leipzig.

Bulucz, Alexandru, * 1987, lebt in Frankfurt am Main. Zuletzt: Alexandru Vona, *Vitralii. Frühe Gedichte und Prosa* (Übersetzung aus dem Rumänischen), Edition Faust 2014; *Aus sein auf uns*, Lyrikedition 2000 im Allitera Verlag 2016.

Burkhardt, Sandra, * 1992, lebt in Leipzig.

Buselmeier, Michael, * 1938, lebt in Heidelberg. Zuletzt: *Lichtaxt.* Verlag das Wunderhorn 2006; *Dante deutsch*, ebd. 2012; Mitherausgeber des *Jahrbuchs der Lyrik* 1996/97.

Callies, Carolin, * 1980, lebt in Ladenburg. Zuletzt: *fünf sinne & nur ein besteckkasten*, Schöffling & Co. 2015.

Campbell, Paul-Henri, * 1982, lebt in Frankfurt am Main. Zuletzt: *space race*, Lyrikedition 2000 im Allitera Verlag 2015; in Vorbereitung: *nach den narkosen*, Verlag das Wunderhorn 2017.

Cojocaru, Mara-Daria, * 1980, lebt in München und London. Zuletzt: *Anstelle einer Unterwerfung*, Schöffling & Co. 2016.

Crauss., * 1971, lebt in Siegen. Zuletzt: *BUNTE SOCKEN TRAGEN. Liebesgedichte*, HANDverlag 2015; *DIESER JUNGE*, E-Book, Verlagshaus Berlin 2016.

Cusanit, Kenah, * 1979, lebt in Berlin. Zuletzt: *aus Papier*, hochroth Verlag 2014; *Chronographe Chorologien*, ebd. 2017.

Czollek, Max, * 1987, lebt in Berlin. Zuletzt: *Druckkammern*, Verlagshaus J. Frank 2012; *Jubeljahre*, Verlagshaus Berlin 2015.

Daher, Lydia, * 1980, lebt in Berlin. Zuletzt: *Frisches Trauma / Fragmente*, mit Gerald von Foris, 2016; *Kleine Satelliten*, mit Warren Craghead III, Graphic Poetry, Maro Verlag 2016.

Detering, Heinrich, * 1959, lebt in Göttingen. Zuletzt: *Old Glory*, Wallstein 2012; *Wundertiere*, Wallstein 2015.

Ditzler, Katia Sophia, * 1992, lebt in Leipzig. Veröffentlichungen in Zeitschriften und Anthologien.

Domašcyna, Róža, * 1951, lebt in Bautzen. Zuletzt: *Feldlinien*, Edition Ornament 2014; *Die dörfer unter wasser sind in deinem kopf beredt*, Poetenladen 2016.

Dorn, Anne, 1925–2017, lebte in Köln. Zuletzt: *Wetterleuchten*, Poetenladen 2011; *Jakobsleiter*, ebd. 2015.

Dündar, Özlem Özgül, * 1983, lebt in Leipzig. Veröffentlichungen in Zeitschriften und Anthologien.

Elze, Carl-Christian, * 1974, lebt in Leipzig. Zuletzt: *ich lebe in einem wasserturm am meer, was albern ist*, luxbooks Verlag 2013; *diese kleinen, in der luft hängenden, bergpredigenden gebilde*, Verlagshaus Berlin 2016.

Fiebig, Gerald, * 1973, lebt in Augsburg. Zuletzt: *normalzeit*, Skarabaeus 2002; *zweistromland*, mit Ibrahim Kaya, Edition Blackbox/Medien Streu 2004.

Fischer, Saskia, * 1971, lebt in Berlin. Zuletzt: *Scharmützelwetter*. Suhrkamp Verlag 2008.

Förster, Anna, * 1984, lebt in Leipzig.

Gasseleder, Klaus, * 1945, wohnt in Erlangen. Zuletzt: *Wenn ich ein Gedicht doch wär … Gereimtes zu keinem Nachtheil der edlen Poesie …*, Wildleser-Verlag 2015; *Guuchlhupfn. Gedichtartiges in mundartigem Fränkisch*, Wildleser-Verlag 2015.

Geist, Sylvia, * 1963, lebt in Flieth (Uckermark) und Vancouver. Zuletzt: *Gordisches Paradies*, Hanser Berlin 2014: *umverkehrte zertrümmerung*, Kottnik-booklet 2015.

Gomringer, Nora, * 1980, lebt in Bamberg. Zuletzt: *Monster Poems*, Voland & Quist 2013; *Morbus*, ebd. 2015; Mitherausgeberin des *Jahrbuchs der Lyrik* 2015.

Granderath, Greta, * 1985, lebt in Hamburg. Veröffentlichungen in Zeitschriften und Anthologien.

Gugić, Sandra, * 1976, lebt in Wien/Berlin. Veröffentlichungen in Zeitschriften und Anthologien.

Gumz, Alexander, * 1974, lebt in Berlin. Zuletzt: *ausrücken mit modellen*, kookbooks 2011; *verschwörungscartoons*, parasitenpresse 2015; In Vorbereitung: *barbaren erwarten*, kookbooks 2017.

Gutiérrez-Wienken, Geraldine, * 1966, lebt in Heidelberg. Zuletzt: *Castañas de confianza*, Eclepsidra 2013.

Hagemann, Annette, * 1967, lebt in Hannover. Zuletzt: *streit mit dem sonnengott*, Wehrhahn Verlag 2009; *sirene des duschraums*, Horlemann Verlag 2014.

Hamann, René, * 1971, lebt in Berlin. Zuletzt: *Berge und Täler, davor Männer und Frauen*, gutleut verlag 2009; *Wart und Gegenwart*, parasitenpresse 2016.

Havlik, Thomas, * 1978, lebt in Wien. Zuletzt: *Syllablesshooter, 30 Milliarden Silben*, Soundpoetry-CD und Gedichte, edition ZZOO 2016.

Hennemann, Judith, * 1975, lebt in Frankfurt am Main. Veröffentlichungen in Zeitschriften und Anthologien. In Vorbereitung: *Bauplan für etwas anderes*, Axel-Dielmann-Verlag 2017.

Hensel, Kerstin, * 1961, lebt in Berlin. Zuletzt: *Schleuderfigur*, Luchterhand Literaturverlag 2016.

Herburger, Günter, * 1932, lebt in Berlin. Zuletzt: *Der* Kuss, A1 Verlag 2008; *Ein Loch in der Landschaft*, ebd. 2010; *Schatz. Liebesgedichte*, Kugelberg Verlag 2015.

Hofner, Franz, * 1963, lebt in Bonn.

Hulpe, Marius, * 1982, lebt in Berlin. Zuletzt: *Wiederbelebung der Lämmer*, Ammann Verlag 2008; *Einmal werden wir*, Lyrikedition 2000 im Allitera Verlag 2013; *Süße elektrische Nacht*, Edition Haus Nottbeck 2014.

Hummelt, Norbert, * 1962, lebt in Berlin. Zuletzt: T. S. Eliot, *Four Quartets/Vier Quartette* (Übersetzung aus dem Englischen), Suhrkamp Verlag 2015; *Fegefeuer*, Luchterhand Literaturverlag 2016; Mitherausgeber des *Jahrbuchs der Lyrik* 2006.

Jeschke, Mathias, * 1963, lebt in Stuttgart. Zuletzt: *Der Fisch ist mein Messer*, edition AZUR 2014; *Luftstudien*, edition offenes feld 2016.

Kalász, Orsolya, * 1964, lebt in Berlin und Budapest. Zuletzt: *alles was wird, will seinen strauch: Ami volt, még bokor akar lenni*, gutleut verlag 2007; *Das Eine*, Brueterich Press 2016.

Kasnitz, Adrian, * 1974 lebt in Köln. Zuletzt: *Kalendarium #1 und #2*, parasitenpresse 2015 f.; *Glückliche Niederlagen*, Sprungturm Verlag 2016.

Koepsell, Kornelia, * 1955, lebt in Höchberg. Zuletzt: *Weißes Rauschen*, Edition Faust 2015.

Kokot, Sascha, * 1982, lebt in Leipzig. Zuletzt: *Rodung*, edition AZUR 2013; *Ferner*, ebd. 2017.

Krämer, Thorsten, * 1971, lebt in Wuppertal. Zuletzt: *The Democratic Forest*, Brueterich Press 2016.

Kraus, Dagmara, * 1981, lebt in Berlin und Carpentras. Zuletzt: *das vogelmot schlich mit geknickter schnute*, kookbooks 2016; *wehbuch (undichte prosage)*, Urs Engeler/roughbooks 2016.

Krause, David, * 1988, lebt in Kerpen-Sindorf. Zuletzt: *Die Umschreibung des Flusses*, Poetenladen 2016.

Krömer, Philip, * 1988, lebt in Erlangen. Zuletzt: *Ymir oder: Aus der Hirnschale der Himmel*, homunculus verlag 2016.

Küchenmeister, Nadja, * 1981, lebt in Berlin. Zuletzt: *Alle Lichter*, Schöffling & Co. 2010; *Unter dem Wacholder*, Schöffling & Co. 2014.

Kuhlbrodt, Jan, * 1966, lebt in Leipzig. Zuletzt: *Kaiseralbum*, Verlagshaus Berlin 2015.

Kuhligk, Björn, * 1975, lebt in Berlin. Zuletzt: *Die Stille zwischen null und eins*, Hanser Berlin 2013; *Die Sprache von Gibraltar*, Hanser Berlin 2016.

Kühn, Johannes, * 1934, lebt in Tholey / Hasborn. Zuletzt: *Und hab am Gras mein Leben gemessen*, Hanser 2014; *A qui appartient ce long cortège de nuages blancs* (Übersetzung ins Französische von Joël Vincent), Le Chambon-sur-Lignon 2015.

Lafleur, Stan, * 1968, lebt in Köln. Zuletzt: *Das Lachen der Hühner*, parasitenpresse 2011.

Leidig, Dorothée, * 1960, lebt in Freiburg. Veröffentlichungen in Zeitschriften und Anthologien.

Lentz, Michael, * 1964, lebt in Berlin und Leipzig. Zuletzt: *Aller Ding*, S. Fischer Verlag 2003; *Offene Unruh*, ebd. 2010; Mitherausgeber des *Jahrbuchs der Lyrik* 2005.

Lewejohann, Sünje, * 1972, lebt in Berlin. Zuletzt: *in den hirschen*, Connewitzer Verlagsbuchhandlung 2013.

Marendon, Christine, * 1964, lebt in Hamburg. Veröffentlichungen in Zeitschriften und Anthologien.

Marquardt, Tristan, * 1987, lebt in München und Zürich. Zuletzt: *das amortisiert sich nicht*, kookbooks 2013.

Mayröcker, Friederike, * 1924, lebt in Wien. Zuletzt: *études*, Suhrkamp Verlag 2013; *cahier*, ebd. 2014; *fleurs*, ebd. 2016.

Mpei, Elena, * 1978, lebt in Amorgos und Athen.

Müller, Herta, * 1953, lebt in Berlin. Zuletzt: *Die blassen Herren mit den Mokkatassen*, Hanser 2005; *Vater telefoniert mit den Fliegen*, ebd. 2012.

Neumann, Peter, * 1987, lebt in Weimar. Zuletzt: *Schonung*, Literarische Gesellschaft Thüringen e. V. 2009; *geheuer*, edition AZUR 2014.

Noon, Alistair, * 1970, lebt in Berlin. Zuletzt: *Earth Records*, Nine Arches Press 2012; *The Kerosene Singing*, ebd. 2015.

Oberländer, Harry, * 1950, lebt in Frankfurt am Main. Zuletzt: *Garten Eden. Achterbahn*, Edition Literarischer Salon im Focus Verlag 1988; *Luzifers Lightshow*, Dielmann 1996; *chronos krumlov*, Edition Faust 2015.

Othmann, Ronya, * 1993, Leipzig. Veröffentlichungen in Zeitschriften.

Pfeifer, Judith Nika, * 1975, lebt in Wien und Berlin. Zuletzt: *nichts ist wichtiger. ding kleines du*, Mitter Verlag 2012; *manchmal passiert auch minutenlang gar nichts*, Berger Verlag 2015.

Piekar, Martin, * 1990, lebt in Bad Soden. Zuletzt: *Bastard Echo*, Verlagshaus Berlin 2014; *Überschreibungen*, mit Jan Kuhlbrodt, Verlagshaus Berlin 2016.

Rakusa, Ilma, * 1946, lebt in Zürich. Zuletzt: *Impressum: Langsames Licht*, Literaturverlag Droschl 2016.

Rautenberg, Arne, * 1967, lebt in Kiel. Zuletzt: *unterm bett liegt ein skelett – grusel-*

gedichte für mutige kinder, Peter Hammer Verlag 2016; *nulluhrnull*, Horlemann Verlag 2017.

Reimert, Karla, * 1972, lebt in Berlin. Zuletzt: *Picknick mit schwarzen Bienen*, kookbooks 2014.

Reinartz, Burkhard, * 1951, lebt in Köln. Zuletzt: *Eine Olive des Nichts – Klangbilder von Bukhard Reinartz*, Audio-CD, ECM-Records 2015.

Reinecke, Bertram, * 1974, lebt in Leipzig. Zuletzt: *Sleutel voor de hoogduitsche Spraakkunst*, Roughbook 2011; *Gleitsichtwochen*, Edition BuchHaus Loschwitz 2014.

Reyer, Lars, * 1977, lebt in Leipzig. *Der lange Fußmarsch durch die Stadt bei Nacht*, Lyrikedition 2000 im Allitera Verlag 2006; *Magische Maschinen*, Schöffling & Co. 2013.

Riedißer, Ansgar, * 1998, lebt in Leipzig.

Rinne, Cia, * 1973, lebt in Berlin. Zuletzt: *notes for soloists*, OEI Editör 2009; *should we blind ourselves and leave thebes*, H//O//F 2014; *zaroum/notes for soloists/l'usage du mot*, kookbooks 2017.

Rost, Hendrik, * 1969, lebt in Hamburg. Zuletzt: *Licht für andere Augen*. Wallstein Verlag 2013; *Das Liebesleben der Stimmen*. Wallstein Verlag 2016.

Sayer, Walle, * 1960, lebt in Horb. *Strohhalm, Stützbalken*, Klöpfer & Meyer 2013; *Was in die Streichholzschachtel paßte*, ebd. 2016.

Scharbert, Simone, * 1974, lebt in Erftstadt. Veröffentlichungen in Zeitschriften und Anthologien.

Scheffler, Rike, * 1985, wohnt in Berlin. Zuletzt: *der rest ist resonanz*, kookbooks 2014.

Schinkel, André, * 1972, lebt in Halle. Zuletzt: *In Sina Gumpert war ich jung verliebt*, Mitteldeutscher Verlag 2012; *Über dem Fluß*, Andrea Ackermann 2015.

Schlag, Evelyn, * 1952, lebt in Waidhofen/Ybbs. Zuletzt: *Sprache von einem anderen Holz*, Paul Zsolnay Verlag 2008; *verlangsamte raserei*, ebd. 2014.

Schloyer, Christian, * 1976, lebt in Nürnberg. *spiel • ur • meere*, kookbooks 2007; *panik • blüten*, Poetenladen 2012. In Vorbereitung: *JUMP 'N' RUN*, ebd. 2017.

Schmidt, Bradley, * 1979, lebt in Leipzig. Veröffentlichungen von Übersetzungen in Zeitschriften und Anthologien.

Schneider, Lea, * 1989, lebt in Berlin. Zuletzt: *Invasion rückwärts*, Verlagshaus Berlin 2014; *Oo*, ebd. 2016.

Schönecker, Dieter, * 1965, lebt in Freudenberg. Veröffentlichungen in Anthologien.

Schwarz, Andra, * 1982, lebt in Leipzig. Veröffentlichungen in Zeitschriften und Anthologien.

Seel, Daniela, * 1974, lebt in Berlin. Zuletzt: *ich kann diese stelle nicht wiederfinden*, kookbooks 2011; *was weißt du schon von prärie*, ebd. 2015.

Seiler, Lutz, * 1963, lebt in Wilhelmshort. Zuletzt: *vierzig kilometer nacht*, Suhrkamp 2003; *im felderlatein*, ebd. 2010; Mitherausgeber des *Jahrbuchs der Lyrik* 2003.

Showghi, Farhad, * 1961, lebt in Hamburg. Zuletzt: *In verbrachter Zeit*, kookbooks 2014.

Sielaff, Volker, * 1966, lebt in Dresden. Zuletzt: *Selbstporträt mit Zwerg*, luxbooks 2011; *Glossar des Prinzen*, ebd. 2015.

Skudlarek, Jan, * 1986, lebt in Berlin. Zuletzt: *elektrosmog*, luxbooks 2013; *Du hast Lippen wie Mozart*, SuKuLTuR 2016.

Sombray, Judith, * 1979, lebt in Hamburg. Zuletzt: *Nähekurs*, Horlemann 2011.

Stokowski, Margarete, * 1986, lebt in Berlin.

Stolterfoht, Ulf, * 1963, lebt in Berlin. Zuletzt: *was branko sagt*, Peter Engstler Verlag 2014; *neu-jerusalem*, kookbooks 2015; Mitherausgeber des *Jahrbuchs der Lyrik* 2008.

Struzyk, Brigitte, * 1946, wohnt in Berlin. Zuletzt: *Alles offen*, Horlemann 2011; *beinander*, 2014.

Thenior, Ralf, * 1945, lebt in Dortmund. Zuletzt: *Große Vokalharmonie in Hasankeyf. Ein Poem*, Türkisch-deutsch (Übersetzung ins Türkische: Menekşe Toprak), vorsatzverlag 2013; *Omnibus*, Edition Virgines e. K. 2016.

Trautsch, Asmus, * 1976, lebt in Berlin. Zuletzt: *Treibbojen*, Verlagshaus J. Frank 2010.

Trompeter, Julia, * 1980, lebt in Köln und Utrecht. Zuletzt: *Zum Begreifen nah*, Schöffling & Co. 2016.

Vogel, Mikael, * 1975, lebt in Berlin. Zuletzt: *Massenhaft Tiere*, Verlagshaus Berlin 2011; *Morphine*, Verlagshaus Berlin 2014.

Wagner, Achim, * 1967, lebt in Ankara und Berlin. *flugschau*, [SIC] – Literaturverlag 2011; *hafif coğrafya*, Nika Yayınevi 2013.

Wagner, Jan, * 1971, lebt in Berlin. Zuletzt: *Regentonnenvariationen*, Hanser Berlin 2014; *Selbstporträt mit Bienenschwarm. Ausgewählte Gedichte 2001-2015*, ebd. 2016; Mitherausgeber des *Jahrbuchs der Lyrik* 2013.

Warzecha, Saskia, * 1987, lebt in Berlin. Veröffentlichungen in Zeitschriften und Anthologien.

Weber, Martina, * 1966, lebt in Frankfurt am Main. Zuletzt: *erinnerungen an einen rohstoff*, Poetenladen Verlag 2013.

Wenzel, Christoph, * 1979, lebt in Aachen. Zuletzt: *weg vom fenster*, Edition Haus Nottbeck 2012; *lidschluss*, Edition Korrespondenzen 2015.

Westermann, Levin, * 1980, lebt in Biel/Bienne. Zuletzt: *3511 Zwetajewa*, Matthes und Seitz 2017.

Wichner, Ernest, * 1952, lebt in Berlin. Zuletzt: *bin ganz wie aufgesperrt*, Verlag das Wunderhorn 2010; *Neuschnee und Ovomaltine*, hochroth Verlag 2010.

Wildenhain, Michael, * 1958, lebt in Berlin. Zuletzt: *Die schönen scharfen Zähne der Koralle*, Fränkischer Tag Buchverlag 2007; *Wie es war*, Verlag Ralf Liebe 2011.

Winkler, Ron, * 1973, lebt in Berlin. Zuletzt: *Prachtvolle Mitternacht*, Schöffling & Co. 2013; *Karten aus Gebieten*, ebd. 2017.

Wolf, Uljana, * 1979, lebt in Berlin und New York. Zuletzt: *sonne from ort*, kookbooks 2012 (mit Christian Hawkey); *meine schönste lengevitch*, ebd. 2013; Mitherausgeberin des *Jahrbuchs der Lyrik* 2009.

Zingg, Martin, * 1951, lebt in Basel. Zuletzt: *Mundwerk*, Edition Howeg 1986.

QUELLEN

S. 27
zur Tinka Becherts Bild »Ich möchte so gern ein Eisbär sein«, Acryl auf Leinwand, 2012.

S. 62
Das Manuskript des Gedichtzyklus »deutschzyno moja« ist in der Futura gesetzt.

S. 175
Gan, Trinidad, * 1960, lebt in Granada.
»Diccionarios« (»Wörterbücher«), aus: *Papel Ceniza*. Valparaiso Ediciones, Granada 2014.

S. 176
Kasdorf, Julia, * 1962, lebt in Pennsylvania.
»What Language is For« (»Wofür Sprachen da sind«), aus: *Sleeping Preacher*. University of Pittsburgh Press, Pittsburgh 1992.

S. 180 f.
Fambrough, Monica, * 1979, lebt in Marietta, Georgia.
»Midpoint« (»Mittelpunkt«), aus: *Softcover*. Natural History Press, Boston/Philadelphia 2015.

S. 184 f.
Chekurishvili, Bela, * 1974, lebt in Königswinter, Berlin und Tbilisi.
»Wir, die Apfelbäume«, aus: *Wir, die Apfelbäume*. Aus dem Georgischen von Norbert Hummelt. Verlag das Wunderhorn, Heidelberg 2016.

S. 186 f.
Seuss, Diane, * 1956, lebt in Michigan.
»I went downtown and went down« (»Ich fuhr in die Innenstadt und fuhr«), © 2015 by Diane Seuss. First published in 2015 in the book »four-legged girl« by Graywolf Press, USA.

S. 188 f.
Waldrep, G. C., * 1968, lebt in Lewisburg, Pennsylvania.
»Candling the Bodies« (»Körper, von Kerzen beleuchtet«), aus: *Your Father on the Train of Ghosts, poems by G. C. Waldrep and John Gallaher*. BOA Editions, Rochester 2011.

S. 192
Khěžka, Jurij, 1917–1944, gilt als Begründer der modernen sorbischen Poesie. »Das grüne Gej«, aus: *Zelene zet /Das grüne Gej*, Ranitzdruck Nr. 6. Edition Thanhäuser, Ottensheim 1998.

S. 193
Arne Rautenberg

S. 204
Foto: © Gerald von Foris, aus: *Frisches Trauma/Fragmente*, München 2016.

INHALT

1. Kapitel
weithin sichtbar: körper

2. Kapitel
völkerball

3. Kapitel
denn ich trage einen sternengürtel

4. Kapitel
Mein Liebchen, schlopst du?

5. Kapitel
Löcher im Licht